시를 읽자구요

시와 심리학과 함께하는 여행

시를 읽자구요

상상과 사색

김종한 — 마크 카펜터 엮고 씀

좋은땅

책 머 리 에

영시를 암송하며 그의 눈에 눈물이 배어났다.
어떤 때는 그의 목소리에 박력이,
어떤 때는 기쁨이 묻어났다.
시를 읽으며 울다니! 시가 갖고 있는 마력이 뭐지?

평생 시를 아주 많이 사랑하며 살아온 미국인과 시를 거의 읽지 않던 한국인이 만나 이 책을 내게 되었다. 내가 미국에 온 지가 30년이 되어 가니 그와 알고 지낸 지도 그만큼 되었다.

'왜 나는 살면서 시를 읽지 않았을까'라고 자문해 보았다. 시는 어려웠고 여러 번 읽어도 감동이 오지 않았다. 읽으면 바로바로 이해되는 책이 나는 좋았고 시는 그런 범주에 속하지 않았다. 영시는 더더욱 읽지 않았다. 이 책을 쓰며 큰 변화가 나에게 일어났다. 나도 그와 닮아 가고 있었다.

나는 영문학 전공자도 아니고 영시를 한 번도 제대로 배워 본 적이 없다. 미국에서 대학 교수로 오랫동안 학생들을 가르쳤지만 내 전공은 영문학이 아니라 심리학이다. 영시를 모르는 내가 이 책을 내게 된 것은 공동 저자의 도움이 컸고, 또한 영시 전문가나 시인으로서가 아니라, 일반인으로 영시를 읽으며 느끼는 기쁨을 독자와 나누고 싶어 용기를 내었다. 부족한 점이 있다면 너그러이 이해해 주길 바란다.

심리학은 숨겨진 답을 과학적 방법을 통해 찾아내려는 객관적 접근법 때문에 주관성이 강조되는 시와는 친구가 될 수 없어 보인다. 시는 인간 경험과 상상의 표현으로, 우리에게 의미 있는 내용의 핵심들을 걸러내 간결하면서도 우리의 마음을 파고드는 표현으로 우리의 사고와 기억을 깨운다. 시가 우리로 하여금 인간의 삶과 생활에 대해 생각하게 도와준다. 심리학과 시가 언뜻 보기에는 공통분모가 없어 보이지만, 둘 다 인간을 이해하고 싶어 하고 인간을 표현하고 싶어 한다는 점에서 서로 통하고, 시를 읽고 음미하다 보면 시가 심리학에게 생각할 거리를 듬뿍 집어 준다. 시가 심리학과 친구가 되었다.

너무 좋은 시가 많다. 시간이 흘러도 계속 사랑받는 시를 고르려 했다. 한 시인에게 편중되지 않으려고 마음에 드는 시가 있어도 시인당 두 편을 넘지 않았다. 우리는 시를 논의하기 위해 매주 영상으로 만났고, 우리의 만남은 매번 신비로운 길로 우리를 인도했다. 즐거운 산책 같은 공동작업의 시간이었다.

의역보다는 직역을 원칙으로 삼았다. 찰디(John Cialdi)는 단테의 《신곡》 지옥편 영문판을 내면서 흥미로운 번역자 노트를 적어 놓았다. 어떤 곡을 피아노로 연주한 후, 같은 곡을 바이올린으로 연주하면 두 가지의 소리가 같지 않다고 그는 말한다. 피아노는 88개의 건반으로 이루어져 있고 바이올린은 4줄로 이루어져서 태생적으로 둘은 같은 소리를 낼 수 없다. 두 악기의 소리가 다르듯, 두 언어 사이에 의미가 비슷한 단어와 단어를 일대일로 맞추는 번역이란 애초에 존재하지 않는다. 게다가 시는 단어의 단순한 집합이 아니라 단어가 서로 총체적으로 움직이고 리듬, 함의, 말장난과 같은 다양한 요소가 강하기에, 두 언어의 장벽을 넘어서 시의 일대일 번역은 불가능하다. 하지만 피아노와 바이올린으로 연주한 곡이 소리는 다르지만 같은 곡을 연주했다는 걸 알 수 있듯이, 번역자는 그 시가 갖고 있는 느낌, 시의 본질을 놓치지 말아야 한다고 그는 말한다. 찰디의 번역 노트가 내가 시를 번역을 할 때 도움이 되었다. 직역은 하되 직역한 후 번역된 시의 중요한 의미가 잘 전달되지 않거나, 시가 읽기에 어색하다고 생각될 때는 의역을 했다. 영어와 한국어의 어순이 다른 것도 어려웠지만, 특히 앞 행의 끝 구절이 다음 행으로 이어지는(앙장브망) 행들을 번역할 때는 난감했다.

원시가 궁금하거나 원시의 생동감을 직접 느끼고 싶은 분들을 위해 원시와 번역시의 행을 맞추려 노력했다. 한국어로 번역된 시는 왼쪽 페이지에 색깔을 달리해 먼저 제시하고 원시인 영시는 오른쪽 페이지에 제시해 책을 펼치면 두 시를 함께 볼 수 있게 했다.

시를 읽으며 생각이 스쳐 지나갔다. 사람은 어떤 면에서 모두 심리학자다. 저자의 전공이 심리학이다 보니 심리학에 관한 생각이 자주 스쳐 지나갔다. 어떤 생각이 스치면 글로 적었고, 심리학 얘기로 너무 나간다 싶으면 고삐를 당기며 워~워~ 했다.

이 책에 담은 시를 나누어 보니 자연, 영감, 희망, 자부심, 외로움, 죽음, 사랑, 우정의 주제로 묶였다. 그래서 주제별로 시를 묶은 후 시의 순서를 정할지 논의를 했다. 그런데 우리가 시를 하나 끝내고 다음 시를 정할 때, 주제별로 시를 정한 것이 아니었고, 산책을 하다가 날씨가 갑자기 바뀌듯 그때그때 떠오르는 시를 정했고 논의했다. 시가 하나 끝나면 그 시는 우리를 다른 시로 인도해 주었다. 그 자연스러움이 좋아 시를 주제별로 묶지 않았다. 읽어야 하는 정해진 순서는 없다.

이 책을 통해 독자 여러분과, 시와 심리학과 함께하는 여행을 떠나고 싶다. 이 여행에서 셰익스피어, 딜런 토마스, 에밀리 디킨슨, 윌리엄 워즈워스, 존 키츠와 같은 세계적인 시인들이 쓴, 시대와 국경을 넘어 계속해서 즐겨 읽히는, 명시를 직접 만나게 될 것이다. 〈시를 먹는다〉라는 시를 쓴 시인 마크 스트랜드처럼, 시를 읽으며 기쁨을 만끽했으면 좋겠다.

끝으로 이 책이 나올 수 있게 도움을 준 분들께 감사를 전하고 싶다. 항시 큰 힘이 되어 준 김희송 이은경 김영희 태준석 지윤탁 김종진 박신재 정규희 님. 멀리서 응원해 주신 김주영 박광배 두 분 선생님. 항상 든든한 지원군이 되어 준 가족. 끝으로 성실함과 사랑을 몸소 보여 주신 아버지 어머니께 이 책을 바친다.

차례

시와 심리학과 함께하는 여행

호-랑이

윌리엄 블레이크

호-랑이 호-랑이, 불타듯 빛나는,
밤의 숲속에서;
대체 어떤 불멸의 손이나 눈이,
이처럼 공포스런 대칭의 당신을 만들었을까요?

대체 어떤 아주 먼 깊은 곳이나 하늘에서,
당신의 이글거리며 불타는 눈을 가져왔나요?
당신은 도대체 무슨 영감의 날개를 펼치신 건가요?
어떻게 손으로, 불을 움켜잡아요?

그리고 어떤 어깨, & 어떤 기술이,
당신 심장 근육을 비틀 수 있나요?
그러고 당신의 심장은 뛰기 시작했지요,
얼마나 무시무시한 손? & 얼마나 무시무시한 발입니까?

어떤 망치로? 어떤 사슬로,
어떤 화로에서 당신의 뇌를 만들었나요?
어떤 대장장이의 모루 위에 올려놓고? 어떻게 잡아,
극히 공포스러운 당신을 꽉 잡았나요?

The Tyger

William Blake (1757~1827)

Tyger Tyger, burning bright,
In the forests of the night;
What immortal hand or eye,
Could frame thy fearful symmetry?

In what distant deeps or skies,
Burnt the fire of thine eyes?
On what wings dare he aspire?
What the hand, dare seize the fire?

And what shoulder, & what art,
Could twist the sinews of thy heart?
And when thy heart began to beat,
What dread hand? & what dread feet?

What the hammer? what the chain,
In what furnace was thy brain?
What the anvil? what dread grasp,
Dare its deadly terrors clasp?

별들이 그들의 창들을 내려놓았고
그리고 천국이 그들의 눈물로 가득 찼습니다:
그가 그의 작품을 보고 웃었나요?
어린양을 만든 그분이 당신을 만들었나요?

호-랑이 호-랑이, 불타듯 빛나는,
밤 숲속에서:
대체 어떤 불멸의 손이나 눈이,
이처럼 공포스런 대칭의 당신을 어찌하여 만들었을까요?

When the stars threw down their spears
And water'd heaven with their tears:
Did he smile his work to see?
Did he who made the Lamb make thee?

Tyger Tyger burning bright,
In the forests of the night:
What immortal hand or eye,
Dare frame thy fearful symmetry?

블레이크는 이 시에서 창조자에게 그가 만든 호랑이에 대해 묻는다. 왜 호랑이를 만드셨어요?

호랑이를 창조한다고 생각해 보자.

호랑이는 작게 만들자. 색깔은 흰색으로, 꼬리는 짧게, 빨간 날개도 달고, 호랑이의 이빨은 뾰족하게, …아니다.

이러면 이건 종이호랑이만도 못하지 않나. 지우고 새로 호랑이를 만들자. 호랑이를 창조하는 게 보통 일이 아니다. 호랑이에 대한 생각이 정해져도 생각처럼 호랑이를 빚어내려면 엄청난 힘과 기술이 필요하다. 거기다 심장을 비틀어 생명을 불어넣는 경지에 도달하면 이것은 신의 세계다. 경이로운 창조주.

> 어떤 망치로? 어떤 사슬로,
> 어떤 화로에서 당신의 뇌를 만들었나요?
> 어떤 대장장이의 모루 위에 올려놓고? 어떻게 잡아,
> 극히 공포스러운 당신을 꽉 잡았나요?

모루? 낯선 단어다. 모루는 강철로 만든 단단한 도구로 대장장이가 금속을 올려놓고 망치질로 형태를 변형시키거나 판판하게 만들 때 밑에 받치는 기구다.

블레이크는 〈호-랑이〉 시를 쓰기 전에 〈양, The lamb〉이라는 시를 썼고, 그가 쓴 이 두 시는 흔히 함께 읽힌다. 순한 양을 만든 창조자가 어떻게 광폭한 호랑이도 만들었지? 순한 양만 있으면 되

지 않을까? 신은 선할까? 신이 선하다면 악은 어디서 온 거지? 선과 악. 빛과 어둠. 18세기 말의 시대 상황으로, 신이 악도 만든다는 생각을 담고 있는 이 시가 그 당시에 사회적으로 논란이 되었다.

빛나는 호랑이의 주황색 털, 대칭을 이루는 줄무늬.

숲에서 호랑이와 갑자기 맞닥트렸을 때, 호랑이의 불타는 눈을 보고 느끼는 오싹함. 그런 호랑이를 우린 살면서 예기치 않게 만나기도 한다. 왜 나에게 이런 나쁜 일이 일어나지?

'왜 나냐구?', 'Why ME?'의 외침을 하게 될 때가 있다.

내가 뭘 잘못한 거야. 이해가 안 가.

'내가 전생에 업보가 많아서 이런 일이 일어나는 게 틀림없어!'라고 자신에게 말해 보기도 한다. 소가 되새김질하듯 이해가 되지 않는 일을 반복해 곱씹어 본다. 곱씹으면 통찰을 얻겠지 하는 잘못된 믿음 때문이다.

더 곱씹고 더 우울해진다.

이해할 수 없는 일도 일어난다.

윌리엄 블레이크는 'Tiger'에서 'i' 대신 'y'를 써서 'Tyger'라고 길게 발음하게 해 호랑이의 공포스러움을 느끼게 했다. 호랑이 대신 '호-랑이'로 번역해 보았다. 호-랑이가 귀여운 호랑이가 아니라, '너 잡아먹으러 왔다. 어홍~' 하는 무서운 호-랑이로 읽혔으면 한다.

수선화

월리엄 워즈워스

나는 계곡과 언덕 위를 높이 떠도는 구름처럼
정처없이 외롭게 떠돌았어,
갑자기 내가 한 무리의,
많은, 황금색 수선화를 봤어;
수선화는 호수 옆, 나무 밑에서,
가벼운 바람에 흔들리며 춤을 추고 있었어.

반짝이며 빛나는
은하수의 별처럼 넓게
수선화는 해변가를 따라
끝없이 펼쳐 있었고:
언뜻 봐도 수천 그루의,
송이가 생기 있게 이리저리 흔들리고 있었어.

옆에 있던 파도도 춤을 추고 있었어, 근데 수선화가
출렁이며 번쩍이는 파도보다 더 행복하게 춤을 추었어:
시인은 즐거울 수밖에,
이런 즐거운 동반자가 있으니:
나는 쳐다보고 또 쳐다보았지만 잘 몰랐어
이 경관이 내게 얼마나 큰 기쁨을 주었는지:

Daffodils

William Wordsworth (1770~1850)

I wandered lonely as a cloud
That floats on high o'er vales and hills,
When all at once I saw a crowd,
A host, of golden daffodils;
Beside the lake, beneath the trees,
Fluttering and dancing in the breeze.

Continuous as the stars that shine
And twinkle on the milky way,
They stretched in never-ending line
Along the margin of a bay:
Ten thousand saw I at a glance,
Tossing their heads in sprightly dance.

The waves beside them danced, but they
Out-did the sparkling waves in glee:
A poet could not be but gay,
In such a jocund company:
I gazed'and gazed'but little thought
What wealth the show to me had brought:

자주, 내가 소파에 누워
마음이 허전하고 울적할 때,
수선화가 내 마음을 섬광처럼
스치면 나는 고독의 환희를 느끼고;
내 마음은 기쁨으로 가득 차,
수선화와 함께 춤을 춰.

For oft, when on my couch I lie
In vacant or in pensive mood,
They flash upon that inward eye
Which is the bliss of solitude;
And then my heart with pleasure fills,
And dances with the daffodils.

수선화가 빛나는 물결 옆에서 떠도는 구름처럼 춤추고 있다. 이마에 시원한 봄바람을 느끼듯, 파도가 출렁이고 있고 바다 언덕 위에는 수천 그루의 노란 수선화가 뽀얗게 피어 바람에 따라 움직이는 게 그려진다.

시인이 예전에 산책했던 곳의 기억을 떠올린다. 그는 외로웠고, 자신이 방향이나 목적없이 떠도는 하나의 구름과 크게 다르지 않다고 생각하며 걷고 있다가 새로운 장면을 보고 마음이 환해진다. 수천 그루의 수선화가 춤을 추듯 미풍에 의해 움직이고 있는 장관을 본 것이다. 그 수가 얼마나 많은지 온통 주변이 수선화다. 그는 자연의 아름다움에 감탄하며 말을 잃고 서서 그저 쳐다보고 있다. 그때는 그 이미지의 의미를 몰랐다. 몇 년이 지나, 그가 외롭거나 기분이 가라앉을 때, 눈을 감으면 그가 예전에 보았던 황금의 수선화가 춤을 춘다. 같이 춤을 춘다.

시 안에서 구름, 출렁이는 바다, 춤추는 수선화, 빛나는 별처럼 이미지가 빠르게 축적되면서 이미지가 점점 강렬해진다. 우리가 시를 읽으며 울고 웃는 것도 시의 이미지가 우리 속에 들어와 폭발하기 때문은 아닐까?

춤추는 노란 수선화의 장관이 워즈워스가 꺼내 보고 싶은 기억이듯, 사람들마다 가끔 꺼내 보고 싶은 자신만의 잊히지 않는 풍경의 기억이 있다. 내게도 소중한 풍경의 기억이 있다. 알래스카에 살았을 때는 미처 몰랐다. 알래스카의 풍경이 내게 얼마나 소중한지. 겨울에 페어뱅크에서 앵커리지를 7시간 운전하며 보았던, 주변이 온통 하얗게 눈으로 덮인 산과 들판, 여름에 드날리 국립공원에 넓게 끝없이 펼쳐져 피어 있던 들꽃, 겨울 아침마다 집 앞으로 찾아왔던 눈망울이 크고 선한 덩치 큰 알래스카 무스, 겨울 밤하늘에 쉽게 볼 수 있었던 황홀한 오로라. 이런 풍경을 떠올리면 내 마음이 평안해진다.

기억은 뭐고 상상은 뭘까? 기억된 이미지, 상상된 이미지가 서로 같은 정신망을 사용하고, 기억이 상상의 소재가 되고 상상이 기억이 된다. "어젯밤에 꿈을 꾸었는데, 실제 같았어!"라고 우리가 흔히 말하듯 꿈도 기억과 상상에 한몫을 할 것이다. 시를 쓴다는 것은 어쩌면 과거의 기억을 불러들여, 미래의 이미지와 결혼하고, 상징을 통해 표현하는 것인지도 모르겠다.

기억은 사실과는 모습이 다르다. 사진기는 있는 것을 그대로 찍어 내지만, 기억은 사진기와 달리 그대로 찍어 내지 않고 우리가 받아들인 정보에서 어떤 것은 더하고 어떤 것은 빼고 어떤 것은 변형해서 정보를 기억한다. 윌리엄 제임스는 《심리학 원리》에서 "우리가 지각하는 것의 일부는 우리 앞에 있는 대상에 대한 감각을 통해 오지만, 다른 부분(아마 상당 부분)은 항상 우리 마음으로부터 온다"고 했다.

'내 눈으로 똑똑히 봤어'가 사실과 달라 '이상하다. 내 눈으로 봤는데'가 되기도 한다. 나에게 소중한 기억이 같이 경험을 한 상대에겐 없는 잊혀진 기억일 때도 있다. 사진은 시간이 지남에 따라 색이 바래 사실이 흐릿해지지만 사실은 그대로 있다. 사진과 달리 기억은 시간이 지남에 따라 사실이 바뀌기도 하고, 변형된 내용이 기억 속에 새롭게 자리를 잡아 기억이 점점 또렷해지기도 한다. 숨기고 싶은 기억은 의식적으로 잊자고 선택하기도 하고, 무의식적으로 억눌러 기억이 안 나거나 생각이 나도 기억이 뿌옇게 흐리다. 상처받은 아픈 기억은 수십 년이 지나도, 정확성과는 별개로, 잊히지 않고 세세하고 생생히 기억이 난다.

성격 심리학자 맥아담스는 자신에 대해 어떤 자전적 이야기를 갖고 있느냐가 그 사람의 성격을 규정한다고 말한다. 좋은 추억은 소중하다. 그 이유는 소중한 추억이 우리가 만드는 자신의 인생 이야기를 풍성하게 해 주기 때문이다.

돼지-이야기

루이스 캐롤

돼지 한 마리가 홀로 앉아 있었지
망가진 펌프 옆에:
돼지는 밤낮으로 신음했어 —
돌심장도 마음이 흔들렸을걸
돼지가 둘로 갈라진 발굽을 뒤틀며 신음했지,
돼지는 점프를 할 수 없었거든.

낙타는 돼지의 큰 소리를 들었지—
혹이 있는 낙타.
"아, 이게 슬픔의 탄식이야, 고통의 울부짖음이야?
무엇 때문에 큰 소리로 괴롭게 신음하니?"
돼지가 삐쭉 나온 코를 움찔대며 대답했지,
"난 점프를 할 수 없어!"

낙타는 게슴츠레한 눈빛으로 돼지를 훑어봤지.
"내겐 넌 너무 뚱뚱해.
너처럼 몸이 많이 퍼져—
옆으로 뒤뚱뒤뚱하는—
돼지가, 시도를 여러 번 한들,
점프할 수 있겠니!"

The Pig-Tale

Lewis Carroll (1832~1898)

There was a Pig that sat alone
Beside a ruined Pump:
By day and night he made his moan —
It would have stirred a heart of stone
To see him wring his hoofs and groan,
Because he could not jump.

A certain Camel heard him shout—
A Camel with a hump.
"Oh, is it Grief, or is it Gout?
What is this bellowing about?"
That Pig replied, with quivering snout,
"Because I cannot jump!"

That Camel scanned him, dreamy-eyed.
"Methinks you are too plump.
I never knew a Pig so wide—
That wobbled so from side to side—
Who could, however much he tried,
Do such a thing as jump!"

"하지만 삼 킬로미터 떨어진, 저 나무에 표시해,
나무가 무리 지어 있지:
네가 저길 하루 두 번 왔다 갔다 하고,
절대 쉬거나 놀기 위해 멈추지 않는다면,
먼 미래에—누가 알아? —
네가 아마도 점프할 수 있는 몸이 되어 있을지."

낙타는 지나가고 돼지만 거기 남았지,
망가진 펌프 옆에.
아, 무섭게 절망하는 돼지!
그의 고뇌에 찬 멱따는 소리는 하늘을 메웠고.
그는 갈라진 발굽을 뒤틀며 머리카락을 쥐어짰지,
그는 점프를 할 수 없었거든.

어슬렁거리는 개구리가 있었지—
미끈하고 빛나는 목청:
의심스러운 눈으로 돼지를 살피더니,
"돼지야, 왜 우니?"라고 물었어.
돼지는 떨떠름하게 대답했어,
"내가 점프할 수 없어서!"

"Yet mark those trees, two miles away,
All clustered in a clump:
If you could trot there twice a day,
Not ever pause for rest or play,
In the far future—Who can say?—
You may be fit to jump."

That Camel passed, and left him there,
Beside the ruined Pump.
Oh, horrid was that Pig's despair!
His shrieks of anguish filled the air.
He wrung his hoofs, he rent his hair,
Because he could not jump.

There was a Frog that wandered by—
A sleek and shining lump:
Inspected him with fishy eye,
And said "O Pig, what makes you cry?"
And bitter was that Pig's reply,
"Because I cannot jump!"

개구리는 크게 웃더니,
자신의 가슴을 쿵 쳤지.
"돼지야", "내 말 들어,
그러면 넌 네가 원하는 걸 보게 될 거야.
약간의, 수업료로,
내가 너에게 어떻게 점프하는지 가르쳐 줄게!"

"넌 여러 번 떨어져 기절할지 모르고,
여러 번 부딪혀 멍들지도 몰라:
그래도, 계속 참고해,
그리고 처음에는 작은 것부터,
끝에는 삼 미터의 담까지 연습해,
넌 네가 점프할 수 있다는 걸 알게 될 거야!"

돼지는 뛸 듯이 기뻤지:
"아 개굴아, 넌 구세주야!
네 말이 내 마음의 쓰린 상처를 치유하는구나—
이리 와, 수업료를 말해 그리고 말한 것을 해 줘:
상한 마음에 평안을 줘,
내게 점프하는 걸 가르쳐 줘!"

That Frog he grinned a grin of glee,
And hit his chest a thump.
"O Pig," he said, "be ruled by me,
And you shall see what you shall see.
This minute, for a trifling fee,
I'll teach you how to jump!"

"You may be faint from many a fall,
And bruised by many a bump:
But, if you persevere through all,
And practice first on something small,
Concluding with a ten-foot wall,
You'll find that you can jump!"

That Pig looked up with joyful start:
"Oh Frog, you are a trump!
Your words have healed my inward smart—
Come, name your fee and do your part:
Bring comfort to a broken heart,
By teaching me to jump!"

"내 수업료는 한 덩어리의 양고기야,
내 목표는 이 망가진 펌프.
잘 봐 공중 점프가 뭔지
내가 꼭대기에 이렇게 앉고!
무릎을 굽힌 다음 껑충 뛰는 거야,
점프는 이렇게 하는 거야!"

돼지가 벌떡 일어서, 전속력으로 달려, 쾅 했지,
망가진 펌프에 대고:
빈 포대 자루처럼 뒹굴다가
이내 등을 댄 채로 뻗었어,
돼지의 모든 뼈가 즉시 "쩍!" 갈라지는
치명적인 점프였어.

낙타가 지나갔고, 날은 어두워지고 있었지
망가진 펌프 주위에서.
"아 상처받은 마음이여! 부러진 사지여!
사실 필요한 건," 낙타가 돼지에게 말하길,
"좀 더 요정-처럼 날씬한 몸,
점프를 위해서 말야!"

"My fee shall be a mutton-chop,
My goal this ruined Pump.
Observe with what an airy flop
I plant myself upon the top!
Now bend your knees and take a hop,
For that's the way to jump!"

Uprose that Pig, and rushed, full whack,
Against the ruined Pump:
Rolled over like an empty sack,
And settled down upon his back,
While all his bones at once went "Crack!"
It was a fatal jump.

That Camel passed, and Day grew dim
Around the ruined Pump.
"O broken heart! O broken limb!
It needs," that Camel said to him,
"Something more fairy-like and slim,
To execute a jump!"

돼지는 여전히 돌처럼 누워 있고,
움직일 수 없어:
진실을 말한다면, 영원히,
돼지가 신음하는 걸 볼 수 없고
갈라진 발굽을 뒤틀며 신음할 수 없어,
돼지는 점프를 할 수 없기에.

개구리는 아무 말도 하지 않았지, 왜냐면 그는
무척 슬펐기에:
개구리는 결과가 무엇인지를 알고 있었어
이제 자신의 수업료를 받을 수 없다는 걸—
개구리는 계속 앉아 있었어, 비참하게,
망가진 펌프 위에!

That Pig lay still as any stone,
And could not stir a stump:
Nor ever, if the truth were known,
Was he again observed to moan,
Nor ever wring his hoofs and groan,
Because he could not jump.

That Frog made no remark, for he
Was dismal as a dump:
He knew the consequence must be
That he would never get his fee—
And still he sits, in miserie,
Upon that ruined Pump!

이 시는 《이상한 나라의 앨리스》를 쓴 루이스 케롤이 어린이를 대상으로 쓴 시다. 결말은 슬프지만 그의 의도는 아이들이 이 시를 읽고 웃으라고 쓴 유머러스한 시다.

아이: 엄마! 돼지가 점프하고 싶다는 시 읽었어.
정말 웃겨. 말도 안 되는 시야.
엄마: 아니, 돼지가 점프하고 싶다는 시?
그게 뭐야. 말해 줄래.
아이: 그게 말이야, 돼지가 점프하는 걸 배우고 싶대.
그걸 개구리가 가르쳐 줘. 이게 말이 돼?
돼지는 점프할 수 없잖아. 뚱뚱하고 무겁잖아.
근데 돼지가 점프를 시도해. 어떻게 됐는 줄 알아?

《이상한 나라의 앨리스》는 아동 소설이지만 어른을 위한 소설이듯 이 시를 어른이 읽는다면 다른 느낌으로 읽을 수 있을 것 같다.

돼지야! 난 너의 마음 이해한다.
너도 고양이나 개구리처럼 멋있게 점프하고 싶었지!
너의 몸은 무거워도 높은 곳에서 점프해 부드럽게 착지하고 싶었던 것 아니니?
돼지야! 하늘을 훨훨 날며 웃고 있는 너의 모습이 상상이 돼. 다른 돼지들이 너를 우러러보고, 칭찬하고….
돼지야! 그런데 넌 그런 상상만이 아니라 진짜로 실천을 했구나.

네가 죽으니 난 슬퍼.
넌 고양이가 아니라 돼지로 태어났는데 어떡해!

내 가슴이 뛰면서 무슨 얘기라도 하고 싶어.
너와 낙타, 개구리에 대해서 얘기하고 싶어.
너가 살아 있다면 너의 얼굴을 보며 두런두런 얘기하겠지만 넌 이제 다른 나라로 갔으니 내가 그냥 혼자 묻고 답을 할게.

첫째, 분수에 맞게 살기
돼지야! 저마다 자신의 한계가 있으니 그 한계를 인정하고 거기에 맞게 살아야 하는 거니? 넌 개구리가 아니니 처음부터 점프를 시도하지 말았어야 했니? 개구리처럼 점프하면 황천길 가니까. 분수에 맞게 살자고 말을 했는데, 마음은 편치 않다.

둘째, 자기 속임
돼지야! 솔직히 말해 줘. 너 알았니? 네가 개구리처럼 점프하면 죽음이라는 걸. 그걸 아는 네가 어떻게 점프할 생각을 했어? '난 할 수 있어, 할 수 있어' 말한다고 할 수 없는 걸 할 수 있게 되는 게 아니잖아.
누구를 기쁘게 해 주고 싶었어?
부모? 애인? 친구?
안타깝다! 네가 얼마나 기대에 부응하고 싶었으면….
점프에 성공해 승리의 손을 힘차게 흔드는 너의 모습, 너에게 쏟아지는 우레와 같은 박수, 그런 그림을 그렸나 보구나!

너도 잘 알지. 남을 속이려면 떨리잖아? 떨리면 남을 속이기가 힘들잖아. 그래서 똑똑한 넌, 너를 먼저 속인 거니.
너 자신도 너가 날 수 있다고 진짜로 믿는 거.
어떻게 그게 가능했을까 탐정처럼 내가 추측해 봤어.
처음엔 점프해서 하늘을 나는 너를 상상해.
상상하다 보니 네가 만든 이야기가 점점 더 구체화되고.
그리고는 상상 속의 이야기를 너에게 계속 말해. 반복해서.
전쟁 포로가 거짓된 이야기를 만들어 내고 점차 세뇌(洗腦)되며 자신이 만든 이야기를 반복하다가 믿듯이.
네가 믿었던 대로 넌 정말 점프를 해. 어쩌니. 현실은 냉혹한데. 한 번의 점프로 너는 저세상으로 갔구나.

셋째, 도움이 되지 않는 충고
낙타야, 개구리야! 너희들은 돼지가 잘되길 바랐니?
그랬을 거야.
근데 충고를 상대의 배려 없이 생각나는 대로 했어.
이건 '하지 마', 이건 '해'의 형태를 띤 충고.
돼지에게 도움이 안 됐어. 해가 됐다고. 치명적인.

넷째, 눈앞의 욕심으로 흐려진 판단
개구리야! 수업료로 돈을 벌려 했는데, 돼지가 죽으면서 네 수업료도 함께 날아갔어. 넌 돈을 벌려다가 이제 남들로부터 욕먹을 신세가 되어 버렸어. 당장 눈앞의 것에 급급해 뒤에 닥쳐올 결과에 대해 생각을 못 했구나.

개구리야! 너는 출애굽기의 두 번째 재앙처럼 신성한 개구리가 아니라 재앙의 개구리가 되었구나.

눈 내리는 저녁 숲에 멈춰서

로버트 프로스트

이 숲이 누구의 숲인지 난 알 것 같다.
그의 집은 마을에 있지만;
그는 내가 여기 서서 그의 눈 덮인
숲을 보고 있는 걸 볼 수 없다.

내 불쌍한 말은 분명히 이상하다고 생각할 거다
근처에 농가라곤 없는
숲과 언 호수 사이에 멈춰 서 있으니까
그것도 한 해 중 가장 컴컴한 저녁에.

말이 마구의 방울을 울린다
무슨 실수가 있는 건 아니에요라고 묻듯.
다른 소리라곤 스쳐가는
평온한 바람 소리와 포근하게 내리는 눈송이뿐.

숲은 사랑스럽고, 어둡고, 그리고 깊다,
하지만 나는 지켜야 할 약속이 있어,
몇 마일을 가야 한다 내가 잠들기 전에,
몇 마일을 가야 한다 내가 잠들기 전에.

Stopping by Woods on a Snowy Evening

Robert Frost (1874~1963)

Whose woods these are I think I know.
His house is in the village, though;
He will not see me stopping here
To watch his woods fill up with snow.

My little horse must think it's queer
To stop without a farmhouse near
Between the woods and frozen lake
The darkest evening of the year.

He gives his harness bells a shake
To ask if there's some mistake.
The only other sound's the sweep
Of easy wind and downy flake.

The woods are lovely, dark, and deep,
But I have promises to keep,
And miles to go before I sleep,
And miles to go before I sleep.

〈눈 내리는 저녁 숲에 멈춰서〉는 읽기 쉬운 시다. 분석하지 않아도 눈, 숲, 마을, 말, 호수, 종, 길이 그려진다. 평화롭고 조용하다.
숲속에 눈이 조용히 내리고 있고 멈춘 걸 의아해하는 말이 있고 내리는 눈을 바라보며 말에 앉아 사색하는 사람이 있다.

첫 연에서 시적 화자는 해야 할 임무를 위해 길을 떠난다. 해야 할 임무 때문에 그의 시간은 그의 것이 아니다. 그럼에도 불구하고 그는 충동적으로 숲에서 눈 내리는 것을 보기 위해 잠시 걸음을 멈춘다. 자신의 숲이 아닌 어떤 사람의 숲에 멈춘 것에 대해 다소 미안함을 느끼면서.

두 번째 연에서 화자는 걷는 것이 아니라 말을 타고 있다는 걸 알게 된다. 길은 숲과 얼어붙은 호수 사이에 나 있다. 근처에 사람이 사는 흔적은 없다. 의심할 여지 없이 말은 아무도 없고 적막한 이런 곳에 주인이 왜 멈추었을까 의문을 던지고 있다.

두 번째 연에 풍경이 있다면 세 번째 연에는 소리가 있다. 말이 마구의 방울을 울리며 '뭐지?' 하고 있고 눈송이를 휘이익 날려 버리려는 듯 부드러운 바람이 불고 있다. 화자는 말 위에 앉아서 사뿐히 떨어지는 눈을 보며 듣고 있다.

마지막 연에서 주문이 깨진다. 화자는 깨어나 새로운 각오로 다시 자신의 여행을 시작한다. 그는 약속을 했고 이제 그 약속을 지키기 위해 자신을 재촉한다. 잠을 자려면 몇 마일을 더 가야 한다.

이해가 쉽게 가는 시이지만 읽을수록 숨겨진 비유가 뭘까 생각하게 하는 시다.

시골 길을 혼자 가고 있는 이 사람은 누굴까?
일반인? 시골 의사?
길은 무엇을 의미하지? 삶의 길을 이야기하나?
인생의 평탄한 길? 험난한 길?
숲의 의미는 뭘까?
자연의 아름다움? 자연이 부르는 소리? 영감? 삶? 죽음?
숲의 주인은 어디 갔을까?
자연의 아름다움에는 경계가 없고, 아무나 들어갈 수 있다는 것을 의미하나?
눈은 무슨 의미?
정화? 회복? 망각?
이 사람이 해야 할 약속은 무엇이었을까?
사업 계약? 결혼 서약? 종교적 헌신?
그는 왜 멈추었을까?

이 시는 많은 질문을 하고 있고, 많은 해석의 가능성을 열어 놓고 있다. 언뜻 보기에 쉬운 동화처럼 쉽게 읽히는 시가 그 안에는 해석을 기다리는 많은 비유를 담고 있다.

각 행의 끝을 보면 *aaba bbcb ccdc dddd*의 각운이 쓰인 걸 알 수 있다.

know though **here** snow   a a b a
qu**eer** near **lake** year   b b c b
sh**ake** mistake sw**eep** flake   c c d c
deep keep sleep sleep   d d d d

1연의 3행의 각운이 두 번째 연 1행의 각운으로 시작하고
2연의 3행의 각운이 세 번째 연 1행의 각운으로 시작하고
3연의 3행의 각운이 네 번째 연 1행의 각운으로 시작되어
연을 서로 바늘로 꿰매듯 규칙적으로 각운이 연결되어 있다.
마지막 각운은 *d d d d*로 모두 같아서 화자가 지쳐 있음을 반복적으로 보여 준다.

프로스트가 이 시를 쓸 때 어떤 영감이 강렬했던 모양이다. 놀랍게도 그는 20분 만에 이 멋진 시를 썼다고 한다.

프로스트는 그가 38살이었던 1911년에 1년간 뉴햄프셔주에 있는 주립대학(현재 플리머스 주립대학, Plymouth State University)에서 심리학을 가르쳤다. 프로스트가 가르쳤던 1911년은 《심리학 원리》를 쓴 윌리엄 제임스(1842~1910)가 죽은 다음 해이고, 행동주의로 유명한 B. F. 스키너(1904~1990)가 일곱 살이었을 때다(스키너는 심리학이 우리에게 필요한 학문이라는 것을 대중에게 알리는 데 가장 큰 기여를 한 심리학자다. 그는 말을 잘하거나 큰 자료를 가지고 통계를 사용해 새로운 발견을 설득하려 하기보다 창의적인 실험을 통해 깔끔한 결과를 보여 주었다. 창의적인 것을 보

통 새롭고 유용한(new+useful) 것으로 정의하는데, 스키너는 반박도 많이 받지만 어느 심리학자보다 새롭고 쓸모 있는 방법과 발견을 한 창의적인 심리학자다. 잘할(원하는 행동을 했을) 때마다 계속 보상을 주는 것보다 간헐적으로 보상을 주는 게 보상을 멈추었을 때, 그 행동을 더 오랫동안 지속하게 한다. 즉, 간헐적으로 보상을 주었을 때 행동의 소거에 대한 저항이 더 크다. 간헐적 보상을 스키너가 어떻게 발견하게 되었는가를 생각해 보면, 창의성은 열심히 하는 사람에게 찾아오는 예기치 않은 선물이라는 생각이 든다. 하루는 스키너가 동물을 가지고 학습 실험을 하다가 보상으로 줄 먹이가 떨어져서 보상을 뜨문뜨문 불규칙적으로 주었더니 행동의 소거가 잘 일어나지 않는다는 것을 우연히 알게 되면서, 간헐적 보상 계획을 발견한다. 작가가 되기를 원했던 스키너는 학부에서 심리학이 아닌 영문학을 전공했다. 대학을 졸업한 후 프로스트에게 자신의 시를 써서 보내면서 프로스트에게 자신의 미래의 커리어에 대한 자문도 구한다. 프로스트의 답장을 받은 스키너는 전공을 바꿔 심리학을 전공하기로 한다. 프로스트 덕에 심리학은 스키너라는 위대한 심리학자를 얻었다).

프로스트가 심리학을 가르칠 때는 심리학이 걸음마를 하고 있던 시기니 프로스트가 가르쳤던 수업의 내용도 그가 창의적으로 만들어야 했으리라. 프로스트가 수업 시간에 무엇을 가르쳤나 알아보기 위해 플리머스 주립대학에 들어가 보니, 프로스트의 수업은 철학, 교육학, 심리학, 문학을 아우르는 것이었고 플라톤의 《국가론》, 장 자크 루소의 《에밀》, 마크 트웨인의 단편 《캘러베러스 카운티에 사는 악명 높은 점프하는 개구리》 등을 교재로 사용했다.

심리학은 무슨 책을 사용했는지 나와 있지 않은데, 프로스트가 하버드에 다니던 1890년 말에 윌리엄 제임스가 하버드 교수였으니 제임스의 《심리학 원리, 1890》도 그의 교과 내용에 포함되지 않았을까 싶다(프로스트는 하버드를 졸업하지 않고 자퇴했다).

1년을 가르치고 나서 프로스트는 시에 더 몰두하기 위해 영국으로 떠나 1912년부터 1915년까지 거기서 머문다. 1915년에 그가 쓴 시는 우리에게 아주 친숙한데, 그 시가 〈가지 않은 길〉이다. 두 길이 있었는데 그중 한 길을 선택했고 그리고 그 선택으로 인해 모든 것이 달라졌다는 시. 선택으로 바뀐 것이 좋은 것인지, 나쁜 것인지는 모른다. 남을 따르지 않고 독립군처럼 내린 선택으로 모든 것이 바뀌었다. 〈눈 내리는 저녁 숲에 멈춰서〉는 프로스트가 거의 50이 다 되어 가는 1922년에 썼다.

뉴트럴 톤

토마스 하디

겨울날 우리는 어떤 연못 옆에 서 있었지,
신의 꾸지람을 들은 듯, 태양은 하얬어,
몇몇의 잎사귀만 메마른 땅에 뒹굴고 있었지;
— 재나무에서 떨어진 잎사귀는, 잿빛이었어.

나를 보는 당신의 눈은 예전에 본 지루한 수수께끼를 보듯
초점 없이 떠돌고 있었어;
우리가 서로 몇 마디를 주고 받았지만
우리의 사랑 때문에 의미가 많이 바래 있었어.

당신의 입가에 머문 미소는 간신히 머물다가
곧 사라져 버리는 미소였어;
그리고 경멸의 미소가 입가를 쓸고 갔지
불길한 새가 휙 날아가는 것처럼…

그 후로, 사랑은 속이고, 온통 어리석음으로 눈멀게 한다는,
뼈아픈 교훈이 나에게 와서 박혔어
당신의 얼굴, 신에게 저주받은 태양, 한 그루의 재나무,
그리고 잿빛 잎사귀로 둘러싸인 연못.

Neutral Tones

Thomas Hardy (1840~1928)

We stood by a pond that winter day,
And the sun was white, as though chidden of God,
And a few leaves lay on the starving sod;
— They had fallen from an ash, and were gray.

Your eyes on me were as eyes that rove
Over tedious riddles of years ago;
And some words played between us to and fro
On which lost the more by our love.

The smile on your mouth was the deadest thing
Alive enough to have strength to die;
And a grin of bitterness swept thereby
Like an ominous bird a-wing···

Since then, keen lessons that love deceives,
And wrings with wrong, have shaped to me
Your face, and the God curst sun, and a tree,
And a pond edged with grayish leaves.

추운 겨울 꽁꽁 얼어붙은 연못 옆에 사랑했던 연인과 서 있다.
날씨는 춥고 마른 땅에는 몇 개의 잎사귀만 뒹굴고 있다.
얼음도 녹일 것 같은 우리의 불같은 사랑은 그 화력을 잃었다.
열정을 선사해야 할 황금색의 태양은 차갑고 하얗다.
뜨거웠던 사랑은 이제 한 줌의 재 같다.
공교롭게도 떨어진 잎사귀는, 장작을 활활 태우는 데 쓰면 좋을,
재나무(ash tree, 물푸레나무)에서 떨어진 잎사귀다.

당신을 다시 만나면 반가울 줄 알았는데,
막상 만나니 오히려 어색하다.
우리의 눈은 초점을 어디에 둬야 할지 몰라 방황한다.
몇 마디 주고 받지 않아도 우린 금방 알았다.
예전의 사랑은 온데간데없다는 걸.
이전의 사랑과 대조가 되어서일까, 마음만 더 허전하다.

예의 차려 미소를 지으려 하지 마.
금방 사라져 버리는 당신의 미소.
당신의 경멸하는 미소는
기분 나쁜 새가 지나가듯 휙 지나갔다.

만남이 있고 나서 난 알았어.
사랑이 나를 속이고 나의 눈을 멀게 한다는 걸.
당신의 얼굴, 저주받은 태양, 재나무,
그리고 재나무 잎사귀로 가장자리가 쌓인 연못.

기억하니?
당신과 다시 만나
작별인사로 포옹했던 것.
그런데 우리의 포옹은 색깔이 없는 무채색이었어.
온기가 없었고 형식만 있던 포옹의 기억.

사랑할 때는 여름처럼 해, 토양, 잎 모든 것이 자라났지만, 사랑이 떠나자 겨울처럼 색 잃은 해는 하얬고 토양은 메마르고 잎사귀는 잿빛으로 변했다. "한번 사랑에 데면, 두 번째는 사랑에 더 조심하게 된다(once bitten, twice shy)"는 말처럼 앞으로 사랑에 너무 조심하고 두려워할까 겁도 난다.

살다 보면
지우개로 박박 지워 버리고 싶은 기억도 있고
어떻게 내가 그 사람을 사랑했었지 자문하기도 한다.
어떻게 관계가 이렇게 되었지 후회하기도 하고,
이제 모두 끝났구나 하고 자기를 달래기도 한다.

〈뉴트럴 톤〉은 시가 무겁다. 무거워서 좋다. 헤어진 사람과 다시 만나 느끼는 실망감을 시가 꼭꼭 집어 잘 그려 내고 있다. 시를 읽으면 '맞아. 그때 그랬어'라고 고개를 끄떡이게 한다. 이 시는 하디가 27살(1867년)에 엘리자 니콜스에 대해 쓴 시로 알려져 있다.

시의 제목을 생각하다가 색에 대해 생각해 보았다. 특정 색은 특정 감정을 유발한다. 빨간색이 투우 경기장에서 황소를 흥분시키는 것처럼 말이다. 아이들에게 행복한 이야기와 슬픈 이야기를 해주고 그림을 그리게 하면 행복한 이야기는 밝은 색으로 슬픈 이야기는 슬픈 색으로 그린다. 색에는 느낌이 있다. 색에 대한 느낌은 문화, 경험에 따라 달라진다. 아랍에미리트에 있을 때 모래색 집이 너무 많아 놀랐다. 현지인에게 물어보니 눈을 덜 피로하게 해서 모래색을 많이 쓴다고 한다. 사람마다 좋아하는 색이 다르다. 어떤 사람에게 청색은 희망이고, 어떤 사람에게는 청색은 고독이고, 어떤 사람에게는 청색은 아무런 느낌이 없다.

사랑은 활기차고 빨강, 파랑, 노랑의 여러 색을 띠지만 이별은 타버린 재처럼 힘없이 그저 잿빛이다.

방황하며 떠도는 엥거스의 노래

윌리엄 버틀러 예이츠

나는 헤이즐넛 나무숲으로 갔어,
내 마음의 무언가에 대한 갈급함으로,
헤이즐넛 나뭇가지 꺾어 껍질 벗기고 신비의 낚싯대 만들어,
낚싯줄에 베리를 미끼로 끼웠지;
하얀 나방들이 사방에 날고 있었고,
나방-같은 별들이 반짝이더니 서서히 빛이 희미해져 갔고,
나는 개울에 베리를 던져
작은 은색 송어를 잡았어.

잡은 은색 송어를 집 바닥에 놓고
내가 바람을 불어 불을 지피니,
바닥에서 부스럭 소리가 났고,
누군가 나의 이름을 불렀어:
은색 송어는 빛나는 매력적인 여자로 변했고
그녀의 머리에는 화사한 사과꽃이 있었지
내 이름을 부른 사람은 그녀였고 그리고 그녀는 달려가
아침 햇살에 밝아진 공기로 사라져 버렸어.

The Song of Wandering Aengus

William Butler Yeats (1865~1939)

I went out to the hazel wood,
Because a fire was in my head,
And cut and peeled a hazel wand,
And hooked a berry to a thread;
And when white moths were on the wing,
And moth-like stars were flickering out,
I dropped the berry in a stream
And caught a little silver trout.

When I had laid it on the floor
I went to blow the fire a-flame,
But something rustled on the floor,
And someone called me by my name:
It had become a glimmering girl
With apple blossom in her hair
Who called me by my name and ran
And faded through the brightening air.

나는 작은 골짜기와 언덕진 땅을

정처없이 떠돌다가 이제 늙었지만,

나는 그녀가 어디로 갔는지를 찾아,

그녀의 입에 키스하고 그녀의 두 손을 잡으리라;

같이 긴 풀밭을 걷고,

우리의 시간을 영원히 함께 보내리라,

달의 은빛 사과,

태양의 황금 사과를 따며.

Though I am old with wandering
Through hollow lands and hilly lands,
I will find out where she has gone,
And kiss her lips and take her hands;
And walk among long dappled grass,
And pluck till time and times are done,
The silver apples of the moon,
The golden apples of the sun.

물에서 잡은 송어를

바닥(**땅**)에 놓고

불을 피우니

은빛 송어는 물기에 젖어 빛나는 요정으로 변하고

나를 부른 후

공기 속으로 사라진다.

물과 **땅**이 있고

불과 **공기**가 있으며

달에는 은빛 사과가

해에는 황금 사과가 있다.

이 시는 공상의 세계를 날고 있다. 이성적으로 이해할 수 없는 꿈의 세계다.

한 남자가 갑자기 밤중에 헤이즐넛나무가 있는 숲으로 달려가 나뭇가지로 낚싯대를 만들어 송어를 잡고, 잡은 송어는 어여쁜 여자로 변한다. 여자로 변신한 송어는 사람이 되어 남자의 이름을 부르며 말을 한다.

그리고 그 여인은 홀연히 사라진다.

남자는 갑자기 나타났다 사라진 젊은 여인을 잊지 못해, 간절한 마음으로 그녀 찾아 삼만 리를 떠난다. 남자는 이제 늙었지만 그녀를 다시 만나는 기적이 일어난다면 아름다운 일이 생기며, 달은 은색의 사과를 주고 해는 금색의 사과를 준다.

시가 우리를 다른 세상으로 인도한다. 현실의 문제를 잠시 내려놓고, 논리의 끈을 내려놓고, 어떤 제약이나 구속에서 벗어나 상상의 세계로 맘껏 날자고 시가 우리에게 손짓한다.

이 시의 제목에 나오는 엥거스는 아일랜드 신화에서 젊음과 사랑을 상징하는 신이다. 헤이즐넛나무(개암나무)는 지혜를 상징한다. 아일랜드에 전해 내려오는 이야기에 따르면 이 나무 밑에 있으면 벼락을 맞지 않는다고 하고, 물에 떨어진 헤이즐넛을 물고기가 먹으면 먹은 수에 비례해 비치는 빛의 양이 결정된다고 한다.

예이츠의 〈방황하며 떠도는 엥거스의 노래〉를 읽으면 귀에 의지해서 시를 쓴다는 게 무엇인지 그 본보기를 보여 준다. 시에 모음이나 자음이 반복되면서 운(韻)이 아름답게 살아 있다. 한 예로, 3연 2행에 나오는 hollow lands and hilly lands를 읽으면 시의 리듬이 느껴진다.

시에서 나오는 나방은 공장지대 오염으로 칙칙한 나방이기보다는 신비롭고 화려한 나방이다. 기존 형태를 벗고 새로운 형태로의 변화를 상징한다.

영화 〈메디슨 카운티의 다리〉에서 메릴 스트립이, 클린트 이스트우드와 헤어진 후, 두 사람이 함께 시간을 보냈던 다리에 쪽지를 붙여 놓는다. 그 쪽지에 예이츠의 〈방황하며 떠도는 엥거스의 노래〉의 한 행이 인용된다.

"If you'd like supper again
'when white moths are on the wing'
Come by tonight after you're finished

Anytime is fine."
"저녁을 다시 같이 하고 싶으면
'하얀 나방들이 사방에 날고 있을 때'
당신 일이 끝난 후 오늘 밤에 들리세요.
아무 때나 괜찮아요."

아일랜드 최고의 시인 예이츠.

아름다운 사랑의 시는 아픔을 먹고 자라는 걸까?

그의 시는 사람들에게 많은 사랑을 받지만 정작 본인은 사랑하는 사람으로부터 사랑을 받지 못했다. 예이츠는 모드 간(Maude Gonne, 1866~1953)을 사랑했다. 그녀는 연극 배우였고 정치 혁명가였으며 키가 큰 미모의 여성이었다.

예이츠는 그녀에게 몇십 년에 걸쳐 구애와 청혼을 했지만 그녀는 그와 결혼하지 않았다. 예이츠에게는 모드 간과의 사랑은 천 년은 아니더라도 몇십 년을 기다려도 이루어지지 않는 사랑이었다.

"이루어지지 않는 사랑으로 당신은 괴롭지만, 사랑의 고통이 당신의 시를 아름답게 해요. 사람들은 당신의 청혼을 받아들이지 않은 나에게 감사해야 돼요"라고 모드 간은 예이츠에게 말한다.

모드 간의 삶은 어땠을까? 그녀의 삶도 평탄하지 않았다. 그녀는 연상의 유부남과 사귀어 아들을 낳았는데 아이가 2살 때 수막염으로 세상을 떠난다. 아들을 잃고 큰 슬픔에 잠긴 모드 간은 유부남과 헤어진다. 죽은 아들의 환생을 믿고 간절히 원했던 모드 간은, 죽은 아들과 같은 아이를 낳기 위해 그와 다시 만나 딸을 낳는다. 그리고 그와 다시 헤어진다. 예이츠는 모드 간의 처지를 잘 알고 있었고 그녀에게 청혼을 하지만 거절당한다. 모드 간은 얼마 후 직업군인 남자와 결혼한다. 그것도 예이츠 자신보다 못하고 자신이 결혼하지 말라고 했던 그 남자와 그녀는 결혼한다. 예이츠는 괴롭다. 모드 간은 결혼한 남편 사이에서 아들을 낳지만 두 사람은 곧 이혼 소송을 신청한다. 남편은 정치적인 일로 처형된다.

예이츠는 모드 간에게 다시 청혼했고 거절당했다. 세월은 계속 흘러 예이츠가 쉰한 살, 모드 간이 쉰 살일 때 예이츠는 모드 간에게 마지막으로 청혼을 한다. 거절된다.

예이츠는 모드 간의 허락하에, 자신을 잘 따랐던 모드 간의 딸에게 청혼을 한다. 딸에게도 거절된다. 모드 간의 딸은 예이츠가 자신을 진심으로 사랑하고 있다고 생각하지 않았고 결혼을 하면 엄마가 크게 낙담할 것을 우려해 그를 거절한다.

예이츠는 쉰한 살에 모드 간을 넘어 스물다섯 살의 조지 하이드 리스(Georgie Hyde-Lees)와 결혼한다. 예이츠는 노벨 문학상(1923)을 받았고, 모드 간과 직업군인이었던 남편 사이에 낳은 아들 맥브라이드(Seán MacBride)는 노벨 평화상(1974)을 받는다.

존 화이트가 《거절》이라는 흥미로운 책을 썼다. 많은 위대한 작가, 음악가, 화가가 보낸 작품이 '충분히' 좋은 작품이 아니라는 이유로 거절을 당한다. 거절 클럽의 회장이 미켈란젤로, 부회장은 베토벤, 회원은 로댕, 모차르트라고 한다면, 거장의 위대함은 거절을 실패로 생각하지 않고 거절을 밟고 일어나 더 나은 작품을 만들어 내는 그들의 불굴의 의지일 것이다. 조나단 리빙스톤의 《갈매기의 꿈》은 출판사로부터 20번 거절당했다. 《위대한 개츠비》를 쓴 스콧 피츠제럴드도 맥스웰 퍼킨스라는 천재 편집자를 만나지 않았다면 작가로서 빛을 보지 못했을 것이다. 편집자 미팅에서 피츠제럴드의 원고를 다른 편집자가 모두 거절하자 퍼킨스는 "우리가 피츠제럴드와 같은 작가의 작품을 거절한다면, 난 책 출판에 대한 모든 흥미를 잃어버릴 것이다"라고 말하며 반대를 무릅쓰고 책을 출판한다. 그렇게 해서 나온 책이 피츠제럴드의 데뷔작《낙원의 이쪽》이다. 책을 내려는 사람에게 거절은 글쓰기의 일부분이고 원고를 제출하고 출판사나 사람에게 거절을 당하면 실망감은 크다.

《거절》에서는 거절당하는 사람이 기분 나쁘지 않도록 거절자가 어떻게 창의적으로 거절했는지에 대한 사례들을 모아 놓았다. 다음 사례는 투고한 논문을 거절하면서 보낸 편지로, 논문투고자가 상처를 받지 않게 하기 위해 노력한 흔적이 보인다.

> "우리는 당신의 원고를 아주 기쁜 마음으로 읽었습니다. 우리가 당신 논문을 출판한다면 앞으로 수준이 떨어지는 논문을 출판하는 것은 불가능할 것 같습니다. 수천 년이 지나도, 당신 논문처럼 수준 높은 논문을 우리가 볼 수 있을 것이라고 생각하지 않으니까요. 유감스럽게도, 우리는 당신의 탁월한 원고를 거절하기로 했습니다. 우리의 근시적 사고와 소심함에 대해 당신께 이렇게 천만 번 머리 숙여 간절히 용서를 구합니다."

거절을 하면서 거절 이유를 말해 주지 않는 경우가 흔하다.

'왜 이유를 말해 주지 않는 거야?'라는 의문이 든다.

거절은 아프다. 거절하는 사람도 그걸 알고 있다. 거절하는 사람은 거절당하는 사람이 상처 받기를 원하지 않는다. 그래서 거절할 때 거절하는 이유를 직접적으로 말하지 않는다.

'난 당신의 가난이 싫어, 내가 좋아하는 사람이 어떻게 그런 대학을 나왔어, 당신은 너무 못…'이라고 싫어하는 이유를 대놓고 말해 주지 않는다.

거절당하는 사람은 거절하는 이유를 자신에게 말해 주는 게 거절당하는 사람에 대한 배려라고 생각한다. 거절하는 사람은 이유를 말해 주지 않는 게 상대에 대한 배려라고 생각한다. 거절하는 사람이 계속 피할 때는 받아들여야 한다. 그 사람의 마음이 이미 떠났다는 사실을. '왜'라고 더는 이유를 묻지 말고.

어느 심리학자가 말하듯, 거절의 진짜 이유는 '아무도 말하고 싶지 않고 아무도 듣고 싶지 않다'. 거절하는 사람은 자신을 사랑하는 사람을 거절하는 게 불편하니, 애매한 대답을 한다. 상대가 만나자고 하면, 바쁘지 않아도, 지금은 바쁘니 다음에 만나자고 둘러댄다. 거절당하는 사람은 듣고 싶은 것만 듣고, 듣고 싶지 않은 것은 듣지 않는다. 거절자의 애매한 대답에 거절당하는 사람은 헛된 기대와 희망을 계속 갖는다.

거절하는 이유를 대놓고 말해 줄 때가 있긴 하다. 상대가 점점 수위가 높아져 스토커 수준이 되면 거절하는 사람도 강도가 점점 세져 진짜 이유를 말한다. '너 바보야? 내가 왜 싫어하는지 정말 몰라? 내가 잔인하게 이유를 사실대로 꼭 말해야 돼?'

거절은 양쪽 모두에게 아픈 경험이고, 이 경험으로 거절당하는 사람의 자존감이 떨어진다. 거절하는 사람은 자존감의 변화가 거의 없다.

누가 나를 거절한 것이, 모든 사람이 다 나를 거절한 것이 아니라는 것을 기억하는 것이 중요하다. 거절을 지나치게 일반화하면 자신이 계속 작아지고 숨고 싶어진다. 거절을 당하고 작아지는 사람이 있는가 하면 거절을 당하고 더 커지는 사람이 있다. 거절은 사실이고 받아들여야 한다. 거절을 감추지 않고 드러내면 자유로움을 얻는다. 행복한 사람에게도 찾아오는 게 거절이다. 사랑받은 나도, 거절받은 나도 모두 나다. 자신의 좋은 부분, 자신의 나쁜 부분 다 안고, 위축되거나 숨지 말고 씩씩하게 가자.

심리학자들은 글쓰기가 자신의 아픈 상처를 쳐다보게도 하고 치유하기도 한다고 말한다. 예이츠는 자신이 겪은 사랑의 아픔을 꺼내고 덮고 훑어보며 시를 쓰고 지우기를 반복하며 시 속에서 위안을 받지 않았을까?

만약에—

러드야드 키플링

네 주변에 있는 사람들이 흥분해서 너를 비난할 때
　네 마음이 계속 평안할 수 있다면,
모두가 널 의심할 때 네가 너 자신을 신뢰할 수 있다면,
　하지만 그들이 너를 의심할 가능성도 이해할 수 있다면;
네가 기다릴 수 있고 그 기다림에 지치지 않는다면,
　네가 속임을 당해도 속이지 않고,
미움을 받아도 미워하지 않으며,
　너무 그럴듯하거나 현명해 보이려고도 하지 않는다면:

꿈을 꾸지만—꿈이 너의 주인이 되지 않는다면;
　생각을 하지만—생각으로만 그치지 않는다면;
네가 승리와 실패를 맛보더라도
　이 두 가지 허상을 그저 같은 것으로 볼 수 있다면;
협잡꾼이 어리석은 사람을 현혹하려 너의 말을 왜곡해도
　네가 네 말의 진실을 유지할 수 있다면,
네가 인생을 바쳐 이룬 것이, 무너져도 몸을 숙여
　낡아 버린 장비를 들고 다시 재건할 수 있다면:

If—

Rudyard Kipling (1865~1936)

If you can keep your head when all about you
  Are losing theirs and blaming it on you,
If you can trust yourself when all men doubt you,
  But make allowance for their doubting too;
If you can wait and not be tired by waiting,
  Or being lied about, don't deal in lies,
Or being hated, don't give way to hating,
  And yet don't look too good, nor talk too wise:

If you can dream—and not make dreams your master;
  If you can think—and not make thoughts your aim;
If you can meet with Triumph and Disaster
  And treat those two impostors just the same;
If you can bear to hear the truth you've spoken
  Twisted by knaves to make a trap for fools,
Or watch the things you gave your life to, broken
  And stoop and build 'em up with worn-out tools:

네가 번 돈 전부를
한 판의 경기에 걸어,
잃어도, 처음부터 다시 시작하고
잃은 것에 대해 투덜대지 않는다면;
네 몸과 마음이 모두 소진되어도
네 일을 계속할 수 있다면,
너무 지쳐 너에게 남은 게 없고 남은 거라곤
너의 의지의 소리만 남아도: '참아!'

네가 사람들과 같이 있어도 너의 원칙을 유지할 수 있고,
임금과 함께 걸어도—너의 진실성을 잃지 않는다면,
너의 적이나 사랑하는 친구가 너에게 상처를 줄 수 없고,
모든 사람들이 너를 의지해도, 지나치지 않는다면;
네게 주어진 1분의 시간도
60초를 전력 질주하듯 시간을 최대한 활용할 수 있다면,
네가 세상의 주인이고 그 안에 모든 것이 있으며,
—더더구나—너는 진정한 남자가 될 거다, 내 아들아!

If you can make one heap of all your winnings
  And risk it on one turn of pitch-and-toss,
And lose, and start again at your beginnings
  And never breathe a word about your loss;
If you can force your heart and nerve and sinew
  To serve your turn long after they are gone,
And so hold on when there is nothing in you
  Except the Will which says to them: 'Hold on!'

If you can talk with crowds and keep your virtue,
  Or walk with Kings—nor lose the common touch,
If neither foes nor loving friends can hurt you,
  If all men count with you, but none too much;
If you can fill the unforgiving minute
  With sixty seconds' worth of distance run,
Yours is the Earth and everything that's in it,
  And—which is more—you'll be a Man, my son!

남들이 흥분하고 널 비난해도,
아들아 넌 흥분하지 마, 마음의 평온을 유지하렴.
남들이 너를 의심해도,
넌 너를 믿어.
사람들이 너를 오해할 수 있다는 것도 이해하렴.
참아, 인내심이 바닥나도 견뎌.
남들이 너를 속여도 넌 속이지 마.
남들이 너를 미워해도 넌 미워하지 마.
그렇다고 네가 아닌 너를 너무 좋게 보이려 하지도 말고 너무 현명한 척하지도 말렴.

아들아 꿈을 꾸지만 꿈이 네 주인이 되게는 하지 말고,
생각만 하고 실천을 하지 않는 일은 하지 말렴.
승리나 실패는 있다가 사라지는 허상과 같은 것이니
둘을 그저 똑같은 허상이라고 생각하렴.
남들이 너를 왜곡해도
너의 진실에 대해 흔들리지 말렴.
인생에서 하늘이 무너지고 땅이 꺼지는 큰 실패를 경험하면 너를 추슬러서 내가 갖고 있는 것을 가지고 다시 재건하렴.

아들아 네가 갖고 있는 모든 것을 걸어 한판 승부를 해서 전부 잃으면 처음부터 다시 시작하렴. 잃은 것에 대해서는 투덜대거나 뒤돌아보지 말고.
심신이 다 지쳤더라도

네가 하려던 것을 계속하는 거야.
알아, 네가 너무 많이 지쳤다는 것.
그래도 이 악물고 버텨, '참아!'

아들아, 주위 사람들이 너를 유혹해도 흔들리지 마.
너보다 높은 사람과 있어도 너의 진실성을 유지하렴.
적이나 사랑하는 사람이 너를 아프게 해도 상처받지 말고,
사람들 모두가 너를 의지해도 너를 우상화하지 말게 하렴.
매 순간마다 너의 최선을 다하고,
그렇게 한다면
너는 세상의 주인이고 그 안에는 모든 것이 들어 있단다.
더더구나 너는 진정한 남자가 될 거야, 내 아들아!

이 시를 통해 아버지는 '아들아, 세상살이 별거 없다. 쿨~하게 사는 게 세상 사는 지혜야'라고 말해 준다. 시인은 쿨~하게 사는 지혜가 무엇인지 여러 가지 상황을, 만약(if~)의 형태로 열거한 후, 끝에 가서 그러면(then~)으로 마무리한다.

키플링이 이 시를 쓸 때 그에게 딸 하나만 있었다. 그렇지만 시에 딸이 없다! 그가 이 시를 아들이 아닌 딸을 대상으로 썼다면 내용이 어땠을까? 같았을까? 아니면 딸에게는 다른 부분을 강조해서 시를 썼을까? 이 시는 키플링이 아들에게 향하는 시로 쓰여 있지만 자기 자신에게 하고 싶은 이야기를 쓴 게 아닐까 싶다.

〈만약에ー〉는 영국인이 가장 좋아하는 시로 자주 꼽힌다.

두 번째 연에 나오는 다음의 시구는 특히 많이 회자된다.

네가 승리와 실패를 맛보더라도
이 두 가지 허상을 그저 같은 것으로 볼 수 있다면;

If you can meet with Triumph and Disaster
And treat those two impostors just the same;

이 시구는 윔블던 테니스 주 경기장 입구에 적혀 있는 걸로도 유명하다.

경기에서 졌다고 낙담하지 말고
경기에서 이겼다고 너무 좋아하지 마라.
승리가 허상이듯
실패도 허상이다.
못 나가건 잘나가건 너무 괴로워하거나 기뻐하지 마라.
어둠이 있으면 빛이 있다.
살면서 어둠과 빛 모두를 다 다룰 줄 알아야 한다.
돈 있다고 너무 재지 말고 돈 없다고 쫄지 마라.
승리와 패배는 그저 허상이니까.

우리는 가끔 몰라도 안다고 말한다.

똑똑해 보이려고 일부러 어려운 질문도 한다. 없어도 있는 척한다. 그래서 다음 시구가 인상적이다.

너무 그럴듯하거나 현명해 보이려고도 하지 않는다면:

And yet don't look too good, nor talk too wise:

키플링은 영국에 노벨 문학상(1907)을 처음으로 안겨 주었다. 키플링에게는 아픈 가족사가 있다. 그는 두 명의 딸과 한 명의 아들이 있었는데, 큰딸과 막내아들이 일찍 죽었다. 큰딸 조세핀(1892~1899)이 아버지와 함께 영국에서 미국으로 가는 항해 중 폐렴에 걸린다. 키플링은 회복되지만 딸은 여섯 살의 어린 나이로 죽는다. 딸을 잃고 영국에 돌아온 키플링은 그 후 다시는 미국에 가지 않는다. 막내아들 존(1897~1915)은 두 번이나 신체검사를 받았으나 키플링처럼 시력이 아주 나빠 제1차 세계대전에 나갈 수 없었다. 그러나 전쟁에 참가하고 싶었던 존은, 영국에서 지명도가 높았던 아버지 키플링의 도움으로, 군대에 갈 수 있었다. 전쟁에 나간 아들은 곧 최전방에 배치되었고 프랑스로 옮겨졌으며 프랑스군과의 첫날 전투에서 총에 맞아 열여덟의 나이로 사망했다. 키플링은 아들의 죽음으로 인한 심리적 고통으로 신체마비가 오고 소화성 궤양이 생긴다. 그 궤양으로 키플링은 20년 후에 죽는다.

이 시를 다시 읽다가 《변신》을 쓴 카프카가 32살 때 아버지에게 썼던 편지가 문득 생각이 났다. "아버지가 최근에 저에게 물으셨죠. 왜 제가 아버지를 두려워하냐구요?"라며 장문의 편지는 시작된다. 성공했지만 강압적이었던 아버지에게 카프카는 말을 한다. "제가 필요했던 것은 아버지의 작은 격려, 작은 친절함, 내 미래를 열어 둘 수 있도록 하는 작은 도움이었어요. 그런데 아버지는 저의 길을 막으셨죠. 물론 좋은 의도로 저를 다른 길로 가라고 설득하신 것 인정합니다. 하지만 저는 아버지가 선택하신 길과 맞지 않아요." 카프카에게 필요했던 것은 아버지의 충고가 아니라 작은 격려, 작은 친절, 작은 도움이었다. 다행인지 카프카의 편지는 아버지에게 전달되지 않았다.

자식이 잘못되라고 충고를 하는 부모가 어디 있으랴?

충고가 나쁜 결과로 이어지면 충고를 한 사람이 민망하다.

충고를 듣는 사람은 충고가 무시하며 하는 충고인지, 존중하며 하는 충고인지 바로 안다. 무시하며 하는 충고는 효력이 없다. 충고와 변화에 대한 믿음은 같이 간다. 충고를 하기보다 그저 상대의 이야기를 들어주는 게 더 나을 때도 많다. 잘난 체로 들리는 충고보다 공감이 더 고마울 때가 있다. 충고는 충고하는 사람과 듣는 사람의 정성이 어우러져 향기로운 열매를 빚어낸다.

난 아무도 아냐! 넌 누구니?

에밀리 디킨슨

난 아무도 아냐! 넌 누구니?
너도 - 아무도 아니 - 니?
그럼 우린 비슷한 사람이네!
말하지 마! 사람들이 우리에 대해 말할지 몰라 - 알지!

특별한 사람이 - 되는 게 - 얼마나 재미없니!
알려진 사람 - 개구리같이 -
자신의 이름을 알리려 - 유월 내내 -
경이로운 습지에서!

I'm Nobody! Who are you?

Emily Dickinson (1830~1886)

I'm Nobody! Who are you?

Are you - Nobody - too?

Then there's a pair of us!

Don't tell! They'd advertise - you know!

How dreary - to be - Somebody!

How public - like a Frog -

To tell one's name - the livelong June -

To an admiring Bog!

디킨슨은 〈난 아무도 아냐! 넌 누구니?〉에서 세상에 알려지지 않은 채 아무도 아닌 사람(Nobody)의 삶을 상큼 발랄하게 그려 낸다.

Nobody가 자신과 처지가 같은 다른 Nobody를 만나 기쁘다. 개구리를 빌려, Nobody가 왜 Somebody가 아닌 게 좋은지를 유머롭게 설명한다.

디킨슨의 시에는 역설이 있다.

난 아무도 아닌 Nobody야. Nobody의 'N'에 대문자를 써서 Nobody에 정체성을 부여했다. 자랑스러운 Nobody다. 너도 아무도 아냐? 그럼, 우리 둘 다 아무도 아니네. Oh, wonderful! Nobody는 아무도 관심이 없으니, 사람들이 Nobody에 대해 말하지도 않을 텐데 '남들에게 말하지 마. 그들이 우리에 대해 광고할지 몰라'라고 능청을 떤다.

Nobody면 얼마나 외롭고 지루하니가 아니라 알려진 사람인 특별한 Somebody이면 얼마나 지루하냐고 역설적으로 말한다. Somebody는 흡사 개구리 같다. 경이로울 수 없는 습지에서 남의 주목을 끌기 위해 울어 대는 개구리처럼.

디킨슨의 시를 보면, 시인들이 잘 사용하지 않는 줄표(—)를 즐겨 사용한다. 줄표(—), 쌍점(:), 쉼표(,)와 같은 문장부호는 쓰기와 말하기가 다르다는 것을 보여 준다. 디킨슨의 줄표(—)가 의미하는 것은 무엇일까? 멈춤, 강조, 의문, 시각적 효과? 우리가 풀어야 할 수수께끼이다.

디킨슨이 줄표(—)를 어떻게 사용하는지 다른 시 두 편을 간단히 보자.

"Hope" is the thing with feathers —

"희망"은 깃털이 있다 —

That perches in the soul —

내 영혼에 앉아 —

"희망"은 깃털이 있어 훨훨 나는 새와 같다 —

희망이 어디에? 우리 영혼 속에 앉아 있다 —

여기서 줄표(—)가 의미하는 것은 무엇일까?

I am alive—I guess—

내가 살아 있다—내가 생각건대—

여기서 줄표(—)는 무슨 의미일까?

죽어 가는 사람이 숨을 훅 들이마시며 '내가 살아 있구나'를 강조하기 위해 줄표(—)를 사용한 걸까? 아니면 '내가 살았어!'라고 자신 있게 소리쳤다가, 기어들어가는 목소리로 살았는지 죽었는지 잘 모르지만 "생각건대"로 주저하는 기분의 전환을 나타내기 위해 줄표(—)를 사용한 걸까?

역설의 시인답게 이 시의 마지막 연은 살아 있음의 기쁨을 말한다.

How good — to be alive!

얼마나 좋은지 — 살아 있다는 게!

디킨슨은 유명한 법률가이자 권력가 집의 셋째 중 둘째로 오빠와 여동생이 있었다. 디킨슨은 거의 집 밖을 나가지 않았으며 오빠는 자신의 절친과 결혼했다. 디킨슨과 여동생은 어머니를 모시며 독신으로 살았다.

디킨슨은 1,800편 가량의 시를 남겼지만, 생전에는 7편(10편이라고도 함)의 시만 익명으로 발표되었다. 시 대부분은 디킨슨이 죽은 후 동생이 언니 방을 정리하다 작은 상자에 들어 있는 시를 발견해 세상에 알려지게 되었다. 디킨슨은 자신이 시에 재능이 있고 언젠가는 자신의 시가 출판될 것을 믿고 있었기에 자신이 쓴 시를 상자에 차곡차곡 모아 놓았으면서도, 생전에 시를 발표하지 않은 걸 보면 디킨슨은 세상이 주는 명성, 성공, 주목에 크게 관심이 있었던 것 같지 않다. 인정받고 싶은 욕구는 무시당하고 싶지 않은 욕구만큼 강한데, 디킨슨은 인정에 초연한 도인처럼 남의 인정 없이도 수많은 멋진 시를 계속 써 냈다. 엄청난 내공을 소유한 사람이다.

디킨슨은 왜 밖에 나가지 않고 집에서 정원을 가꾸며 은둔자로 조용한 삶을 살았을까?

만남이 편안하기보다 불편했으리라.

만남에 필요한 노력을 하기 싫었으리라. 만남의 기대보다 만남의 실망이 컸으리라.

사람의 만남은 낯설고 집과 가족은 친숙했으리라.

사람들과 어울리고 알려지고 인정받기보다 어머니를 돌보며 조용히 시를 쓰는 은둔자의 삶이 디킨슨에게 편했으리라.

디킨슨은 '고립된' 자신의 삶에 대해 한탄하기보다, "I'm Nobody! Who are you?"라고 외치며 당당하다.

"이번 주 금요일에 파티에 널 초대해. 모두 널 보고 싶어 해."

"그래? 잘됐다. 꼭 갈게"라며 기뻐하는 사람이 있고,

"파티, 또?"라며 힘없이 답하는 사람이 있다.

어떤 사람은 사람을 만나 에너지가 충전되고

어떤 사람은 사람을 만나 에너지가 방전된다.

외향적인 사람은 파티에 갔다 온 후 생기가 나고 기분이 좋아서 다음 파티를 기대하지만 내향적인 사람은 조용히 쉬고 싶다. 외향적인 사람과 내향적인 사람이 다르다.

칼 융은 100년 전에 《심리 유형, Psychological Types, 1923》에서 내향성과 외향성을 처음으로 소개했고, 내향성·외향성 구분은 오스트발트에게서 영향을 받았다. 오스트발트(Wilhelm Ostwald)는 노벨 화학상을 받은 화학자로 오스트발트 색체계를 만든 사람이기도 하다. 그는 과학자를 고전파와 낭만파 유형으로 나누었다(완벽을 추구하고 반응을 삼가며 조용하고 감정 표현이 적은 고전파 유형의 과학자보다, 완벽하기보다는 다양성과 빠른 반응으로 영향력을 행사하는 낭만파 유형의 과학자가 학생들을 더 잘 이해하고 더 쉽게 가르칠 수 있다고 오스트발트는 생각했다).

융은 오스트발트의 고전파, 낭만파 인간 유형은 겉으로 보이는 것에 의지해 피상적으로 나눈 유형이고 인간의 내부를 충분히 들여다보지 못했다고 생각했다. 언뜻 보기에 내향적인 사람은 천천히 반응하고 표현을 삼가하며 체계적인 고전파 유형으로, 외향적인 사람은 빠르게 반응하고 표현을 잘하며 직관적인 낭만파 유형으로 짝지을 수 있는 것처럼 보이지만 융은 그렇지 않다고 말한다. 예를 들어 내향적인 사람은 반응이 남이 아닌 자신에게 맞추어져 있어서, 사람들이 보기에 내향적인 사람은 반응이 늦다고 생각할 수 있다. 그러나 내향적인 사람도 외향적인 사람처럼 반응이 빠르지만 단지 밖으로 표현을 하지 않거나 삼가하기에 늦어 보이는 것뿐이다. 외향적인 사람이 자신의 성격을 남에게 드러낸다면 내향적인 사람은 자신의 성격을 감싸 남들이 어떤 성격의 사람인지 알기가 어렵다. 외향적인 사람은 많은 사람을 넓게 사귄다면 내향적인 사람은 소수를 깊게 사귄다. 내향적인 사람은 말을 별로 하지 않고 남에게 주목을 받는 것도 별로 좋아하지 않으며 낯선 사람과 있을 때 조용하다.

성격을 내향성 '0', 외향성 '100'처럼 이분법적으로 하나의 성향만 갖고 있다기보다 양면을 어느 정도 갖고 있으나 어떤 경향이 더 강하고, 누구와 있느냐에 따라 내향적이 되기도 하고 외향적이 되기도 한다. 어떤 사람은 내향성이 강하나 사람을 만나면 노력해서 외향성이 강한 사람처럼 행동하기도 하고, 어떤 사람은 외향성이 강하나 내향적인 사람처럼 행동하기도 한다. 융은 자신의 성격과 다르게 행동하는 것이 좋다고 생각하지 않았고 사람을 지치게 한다고 했다.

자신의 성격을 아는 건 중요하다. 하지만 특정 성격으로 자신을 단정하면 독특한 성격, 다양한 성격, 성격 변화 가능성에 대한 문은 닫힌다.

성공이 가장 달콤하다

에밀리 디킨슨

성공이 가장 달콤하다
한 번도 성공해 보지 못한 사람에게.
넥타의 달콤함은
달콤함이 뼈저리게 간절할 때 안다.

승리한 군대의 어떤 사람도
오늘 전쟁에서 이겼어도
말해 줄 수 없는 건
승리의 분명한 의미

패배한 병사가 - 죽어 가며 -
패배자에게 금지된 귀에
멀리서 들려 오는 승전가는
뼈저리고 분명하다!

Success is counted sweetest

Emily Dickinson

Success is counted sweetest
By those who ne'er succeed.
To comprehend a nectar
Requires sorest need.

Not one of all the purple Host
Who took the Flag today
Can tell the definition
So clear of victory

As he defeated - dying -
On whose forbidden ear
The distant strains of triumph
Burst agonized and clear!

이 시는 디킨슨이 생전에 발표한 7편의 시 중에 하나이다. 이 시에서 디킨슨은 성공을 가장 잘 이해하는 사람은 승리자가 아니라 패배자라고 역설적으로 말한다.

성공을 계속하는 사람에게 성공의 의미와
실패를 계속하는 사람에게 성공의 의미는 다르다.
꿀의 재료이자 식물의 꽃화분을 옮기는 유인물인
달콤한 넥타의 진가는
꿀을 만드는 데 인생을 다 바치며
매일 넥타를 찾아다니는 일벌이 가장 잘 알 것이다.

패배자는 승전가를 들을 권리가 없는, 금지된 귀를 갖고 있다. 승전가는 승리자만을 위해 울리는 것이니까. 그런데 죽어 가는 패배자에게 멀리서 울려 퍼지는 승전가가 들린다. 그것도 패배자의 귀(**ear**)에 잔인하고 분명하게(**clear**) 들린다.

성공은 실패가 있어서 그 빛을 발한다. 승리를 가장 잘 정의할 수 있는 사람은 승리자가 아니다. 승리를 가장 잘 정의할 수 있는 사람은 승리를 놓친 패배자다. 전장에서 죽어 가며 적이 승리로 왁자지껄한 소리를 멀리서 들으며 신음하는 패배자가 승리의 의미를 가장 잘 알고 있다.

시를 읽고 두 가지 생각이 들었다. 첫째, 우리는 이미 갖고 있는 것보다 갖지 못했으나 갖고 싶은 것에 초점을 두는 경향이 있다. 갖고 있는 것은 소중하지 않고 없는 게 소중해 보인다. 옆집 사람에 관심을 주다 보니 우리 집 가족이 말라 간다. 둘째, 성공하면 성공한 결과의 기쁨에 사로잡혀 과정상의 실패에 대해서는 관심을 두지 않는 경향이 있다. 성공했으면 됐지, 무슨 잘잘못을 따지냐며 그냥 넘어간다. 실패하면 다르다. 무엇이 잘못되었는지, 무슨 판단을 잘못 내렸는지 꼼꼼하게 들여다본다. 다음에 같은 실패를 하지 않으려 노력한다. 성공이 우리를 느슨하게 하고 대충 보게 한다면, 실패는 우리를 꼼꼼하게 점검하게 한다. 동전의 양면처럼 성공이 실패를 낳고 실패가 성공을 도와주기도 한다.

성공을 생각하다가 행복으로 생각이 이어졌다. 행복이란 뭘까? 사람을 행복하게 하는 행복 공식이 있을까? 간단한 답은, 행복 공식은 있지만 없다. 행복 공식을 제안한 심리학자는 있지만, 수학 공식처럼 숫자를 대입하면 하나의 답이 뚝 나오지 않는다. 행복 공식은 이상한 공식이라서 푸는 사람에 따라 답이 다르다.

긍정 심리학자인 셀이그만(2002)이 제시한 행복 공식이 대표적이다.

행복 = 유전 + 환경 + 자발적 통제

셀이그만의 행복 공식은 행복을 어떻게 접근해야 하는지를 보여주는 간단한 공식이다. 그의 행복 공식은 유전, 환경, 자발적 통제 세 요소로 이루어져 있다.

첫째, 유전적인 면은 사람마다 생물학적으로 정해진 행복 수준을 말한다. 쉽게 말해서 어떤 사람은 행복한 유전자를 갖고 태어나고 어떤 사람은 불행한 유전자를 갖고 태어난다. 복권에 1등 당첨되면 행복할까? 교통사고를 당하면 불행할까? 연구에 따르면, 복권 당첨된 사람을 1년 후에 찾아가면 행복 수치가 복권 당첨 전으로 돌아가 있고, 교통사고가 난 사람을 1년 후에 찾아가면 행복 수치가 사고 전과 비슷하다(좋은 일보다 나쁜 일에서 회복하는 데 시간이 더 오래 걸린다). 헬스장 트레드밀 위에서 달리기를 하듯, 빨리 달리건 천천히 달리건 그 변화에 우리는 쉽게 적응하며 같은 행복 자리 위에서 달린다. 유전적으로 정해진 행복 수준이 있다.

둘째, 환경적인 면은 자신이 처한 환경을 말한다. 돈은 행복과 상관이 있다. 그렇지만 돈이 어느 수준을 넘으면 돈과 행복은 상관이 없어진다. 장거리 출퇴근하는 사람과 집 근처에서 출퇴근하는 사람 중에서 전자가 환경적으로 더 좋은 상황에 있다. 금연을 결심하고 담배를 몇 달째 잘 끊고 있던 사람도 스트레스를 받으면 다시 피우게 되듯 우리가 살고 있는 환경이 우리의 행복에 영향을 준다.

끝으로, 자신의 의지로 바꾸는 자발적 통제가 있다. 긍정 심리학의 강점 중에 하나는 누굴 비난하거나 부정적인 면에 카메라 앵글을 맞추기보다 긍정의 미래를 향해 성장하는 데 앵글을 맞춘다. 시간도 과거가 아니라 미래에 초점을 둔다. 미래를 조망하며 미래를 준비하고 선택한다. 행복에서 유전적인 면을 무시할 수 없지만 유전은 행복의 일부다. 부모의 유전자가 자신의 불행을 결정짓지 않는다. 우울한 부모 밑에서 밝은 자식이 나오고, 폭력적인 부모 밑에서 비폭력적이고 참을성 있는 자식이 나오니까. 자신의 유전적 경향을 의식하는 건 중요하지만 거기서 낙담할 필요는 없다. 또한 자신의 불행이 부모가 잘못 키운 탓만도 아니다. 자신의 인생에서 자신의 몫이 있다. 긍정 심리학에서는 자발적으로 통제할 수 있는 면에 초점을 두라고 말한다. 그 면이 포기하지 않는 강단(剛斷)일 수 있고 작은 일에 감사하는 마음일 수 있으며 행복을 키우는 환경을 선택하거나 만드는 것일 수 있다.

행복은 행복을 얼마나 세게 느끼냐의 '강도'보다 행복을 얼마나 자주 느끼냐의 '빈도'와 연관이 있다고 한다. 큰 행복은 자주 오지 않는다. 큰 행복만을 추구하다 보면 행복해지기 어렵다. 작지만 소소한 것에서 행복을 자주 느끼는 게 좋다.

행복한 삶과 중복되기도 하고 별개이기도 한, '의미 있는 삶'은 또 다른 주제이다.

외(잎

E. E. 커밍스

외(잎

하

나가

떨어

진

다)

ㄹ

ㅗ

움

l(a

E. E. Cummings (1894~1962)

l(a

le
af
fa
ll

s)
one
l

iness

〈외(잎〉은 읽을 수 없는 시인가? 암호 같다.

다시 읽어 보자.

시가 천천히 자신의 모습을 드러낸다.

시인이자 화가였던 커밍스는 자신보다 13살이 많았던 피카소를 프랑스에서 만나 시간을 보내기도 했다. 커밍스는 화가로서 피카소를 존경했고 〈피카소〉라는 시도 썼다. 커밍스는 시 〈외(잎〉을 통해 피카소의 입체파의 그림을 보듯 사물을 분석하고 쪼개고 재구성한다.

세로(↓)로 쓰인 〈외(잎〉을 가로(→)로 바꿔 보자. 그러면 시가 한 줄의 시로 바뀐다.

바꾸고 나니 숨겨져 있던 뜻이 나타난다.

괄호 안의 내용을 지우고 괄호 밖의 것을 한꺼번에 읽어 보니, 한 단어가 읽힌다. 외로움을 뜻하는 loneliness다.

└▸ l(a le af fa ll s)one l iness → l(~~a leaf falls~~)oneliness

외(잎 하 나가 떨어 진 다) ㄹㅗ 움 → 외(~~하나가 떨어진다~~)로움

괄혼 안을 들여다보자(a leaf falls 잎 하나가 떨어진다).

loneliness = a leaf falls

외로움 = 잎 하나가 떨어진다

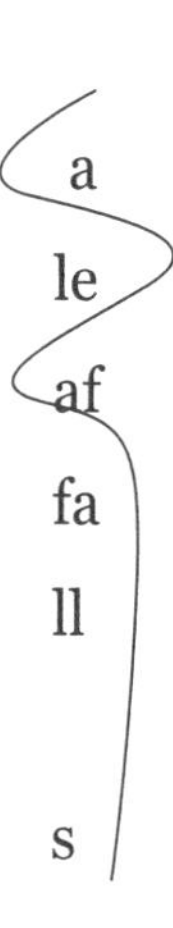

오른쪽 괄호 뒤를 보면, one l ness가 있다. 나무와 나뭇잎이 한 몸(oneliness)이었다가 나뭇잎 하나가 나무에서 떨어지며 혼자가(one l) 된다. 떨어지는 마지막 잎새처럼.

커밍스는 이 시에서 대문자도 마침표도 쓰지 않았다. 영어 대문자 'L'을 쓰는 대신에 소문자 'l'을 써서, 소문자 'l'이 숫자 '1(하나)'로 둔갑할 수 있는 가능성을 열어 두었다. 이 시에서 'l'이 5번 나오고, 'l'이 괄호를 지나 'one(하나)'을 만나고 다시 'l'을 만나는데 'one'과 'l'이 떨어져 있다. 내가 혼자다.

커밍스는 외로움을 나뭇잎 하나가 떨어지는 모습으로 시각화하면서 괄호를 사용했다. 흡사 외로움(혼자 쓸쓸히 떨어지는 하나의 잎사귀)이 갇혀 있는 괄호 같다.

l(a leaf falls)oneliness → 외(…)로움

외로움이란 뭘까?

외로움은 혼자로 고립되고 사람들과 연결되지 않았다고 느끼는 주관적 경험이다. 누구와 함께 있고 싶고 연결되고 싶은 갈급함이고 고통이다. 주위에 사람이 있어도 내가 원하는 특정인이 없으니 외롭다. 새로운 곳에 이사를 가니 예전 관계가 그리워 외롭다.

외로움이 우울함과 연관이 되지만 그렇다고 해서 우울함처럼 즐거움, 에너지, 동기의 감소와 연관이 있는 것은 아니다. 우울함은 자신에 대한 부정적인 것이라면 외로움은 관계에 대한 부정적인 것이다. 외로움은 건강에 해로운데, 특히 나이 든 사람에게서 기억력 감퇴, 움직임의 감소, 심지어 죽음의 위험과 관련이 있다.

사람들은 외로움은 숨겨야 할 치부처럼 감추려 하기 때문에 겉으로 보기에는 멀쩡해 보인다. '감추자. 주위 사람들은 행복하고 서로 깔깔대며 웃고 있어. 나는 뭐야. 사람들에게 외롭다 말하지 말자. 외롭다고 말해서 거부되면 더 외로워져. 아무도 필요 없는 사람처럼 행동하자'라고 자신에게 말하기도 한다. 겉으로 멀쩡해 보이지만 사실은, 외로움의 고통으로 아프고 신음하며 자신과 대화할 사람이 필요한데 그런 사람이 없다. '말을 하지 않아서 그렇지, 나도 외롭다구!'

사회학자 와이스(Robert S. Weiss)는 《외로움: 감정적 사회적 격리의 경험》(1973)이란 소책자에서 외로움을 감정적 외로움과 사회적 외로움으로 구분하면서 외로움은 겨울의 감기처럼 흔하다고 말한다. 외로움은 우울증과 달라 원하는 관계가 형성되면 언제 그랬느냐는 듯 사라진다. 혼자 있고 싶어서 혼자 있는 고독과 달리 외로움은 원하지 않는데 혼자가 되는 경험이다. 그의 공백이 크게 느껴진다. 외로움은 혼자 있어서 느끼는 감정이라기보다 원하는 관계의 결핍에서 느끼는 감정이다. 감정적 격리에서 오는 외로움이다. 사회적 격리에서 오는 외로움은 감정적으로 중요하고 친밀한 관계의 일원으로 소속되지 못해서 느끼는 감정이다. 이민을 갔다가 고국으로 다시 돌아오는 이유 중에 하나는, 언어 걱정하지 않고 편하게 말을 하고 같은 문화에서 자란 사람과 어울려 살고 싶은 마음 때문일 것이다.

진화론적으로 사람은 같이 있을 때 생존 가능성이 높아진다. 보울비(John Bowlby)의 애착이론처럼, 아기는 엄마 옆에 있어야 살 수 있고 엄마가 없으면 운다. 엄마는 먹이를 줄 뿐만 아니라 마음의 안식처고 새로운 것을 탐색할 수 있는 본부가 되어 준다. 아기는 생존을 위해 엄마 옆, 그것도 엄마 가까이 가려 하고, 엄마와 거리가 멀어지고 격리되면 고통을 느낀다. 엄마를 찾는다. 어쩌면 외로움은 혼자 있게 되는 위험을 미리 감지하기 위해 발달한 심리 기제일지 모른다.

외로움의 책임은 외롭게 생각하고 외롭게 행동하며 외로움을 스스로 만든 당사자에게 책임이 전적으로 있다고 생각할 수 있다. 그래서 그 사람은 원래 사회성이나 사교적 기술이 없고, 성격적으로 폐쇄적이며, 자기 중심적이라 외로운 거라고 비난한다. 외로운 사람도 외로워지고 싶어서 외로운 게 아니다. 외로운 결과에만 초점을 맞추면 왜 그 사람이 외로운 사람이 되었는지에 대한 과정을 놓치게 된다. 게다가 예기치 않은 상실이, 처한 상황이, 낯선 환경이 사람을 외롭게 만들기도 한다. 외로움이 갑자기 생긴 것이 아니듯 외로움에 대한 치유도 시간과 이해가 필요하다. 상대가 '내가 일어설 것이라고 믿고 기다려 주는구나'라고 느낌이 드는 것과 '나를 외로운 실패자라고 생각하고 있구나'라고 느낌이 드는 것의 차이는 바꾸려는 사람에게 절망과 용기의 차이다.

한국 보건 사회 연구원에 따르면, 우리나라에서 전체 가구 중 1인 가구의 비율이 빠르게 증가하여 2000년도에 10가구 중 1.6가구가 1인 가구였던 것이, 2020년에는 10가구 중 3.2가구로 20년 만에 1인 가구가 2배로 늘었다. 물론 혼자 살아도 외롭지 않은 사람이 있고 어떤 사람은 누구와 같이 살아도 외롭다. 혼자 사는 것과 외로움은 동의어가 아니다. 오히려 많은 사람들이 누구의 방해도 없이 독립적으로 혼자 살고 싶어 한다. 하지만 1인 가구가 늘어나는 현실이 외로움의 감소로 이어지지는 않을 것이다. 감정을 공유할 사람이 있는 것은 외로움이 불쑥 나타났을 때 방패가 되어 준다.

빅테크 회사를 다니는 40대의 어떤 분을 만나 식사를 하는데, '주위에 경제적으로 독립을 이루고 조기 은퇴한 사람들이 있는데 몇 년 지나면 다시 슬글슬금 기어나와요'라고 했던 말이 기억이 난다. 건강과 돈이 받쳐 주는 사람도 은퇴가 도전이다. 많은 사람들은 은퇴하면 건강과 돈을 걱정한다. 건강이 제일 중요하고 건강이 돈을 버는 거다. 돈이 없으면 친구를 만나 계속 얻어먹으니, 계속 얻어

먹고 싶지 않고 친구도 만나고 싶지 않다.

은퇴 후 건강과 돈이 무엇보다 중요하지만 이 두 가지를 잠시 옆으로 밀쳐두고 은퇴가 가져오는 사회적 격리에 대해 생각해 보자. 은퇴를 하면 수입만 줄어드는 게 아니라 사회 관계도 급격히 줄어든다. 은퇴 전에 직장이 주는 규칙적인 삶에서, 이제 내가 나의 일정을 짜야 하는 삶으로 바뀐다. 비가 오나 눈이 오나 가야 했던 직장에 출근해야 하는 것도 아니니 날씨가 추우면 집에 계속 있어도 되고 세수를 하지 않아도 되고 면도를 며칠째 하지 않아 수염이 덥수룩해도 괜찮다. 실컷 자고 실컷 먹고 실컷 쉬어도 괜찮다. 그런데 바쁘게 일을 하다가 아무것도 하지 않는게 어디 쉬운 일인가. 편하게 전화를 걸 사람도 마땅히 없다. 많은 경우 은퇴하면 익숙했던 문화가 갑자기 사라진다. 문화가 사라지니 은퇴 전에는 시간을 어떻게 보내야 할지, 누구를 만나야 할지 생각하지 않아도 되었는데 이제 새로 생긴 공백을 내가 채워야 한다. 새로운 문화에 들어가거나 새로운 문화를 만들어야 한다.

생각해 보자. 교회를 열심히 다니던 사람이 교회를 그만두면 주일 날 할 게 없다. 친구도 교회에 다 있다. 교회를 다니지 않던 사람이 교회를 다니면 일요일이 바쁘다. 바뀐 문화의 공백이 다른 무엇으로 채워진다. 사람마다 이 적응의 기간이 짧기도 하고 길기도 하다. 역설적이지만 은퇴해도 자기가 해야 할 일거리가 있어야 한다. 직업을 대체할 어떤 새로운 관계 모임에 들어가거나 자원봉사를 하는 것도 고려해 볼 일이다. 잘 모르면서 어떤 것에 올인하기보다 실제로 경험해 보고 여러 가능성을 탐색해야 한다. 은퇴는 혼자 하는 게 아니라 가족과 함께 은퇴한다. 그래서 전체적으로 보고 계획을 세워야 한다.

여유롭게 하고 싶은 것을 하며 은퇴의 삶을 즐기는 사람을 많이 본다. 인생에서 가장 잘한 결정이 은퇴를 좀 더 일찍 한 것이라고 하는 분도 있다. 준비된 은퇴로 활력 있고 행복하게 사는 삶은 주위 사람에게도 힘이 된다.

덴마크에서는 청소년과 노인의 외로움이 사회 문제로 부각되자, 2015년에 "덴마크는 밥을 함께 먹는다(Denmark eats together)"라는 표어를 내걸었다.

외로울 땐 밥을 같이 먹자!

문제는 이 표어처럼 밥을 같이 먹는 게 쉽지 않고,
먹어도 외로움이 쉽게 날아가지 않는 데 있다.
밥을 같이 먹기 싫은 사람이 있고,
밥을 같이 먹어도 여전히 싫은 사람이 있고,
밥을 같이 먹고 싶은데 상대가 싫다고 하기도 한다.
누구와 대화하다 보면 밥맛이 없어진다.
배고팠는데 이제 밥 먹기가 싫다.
누구와 있으면 밥이 맛있고 더 먹게 된다.
소화하고 맛을 음미하는 밥을 통해 몸과 마음이 분리되어 있지 않다는 걸 알게 된다.
밥을 계속 먹고 싶은 사람은 같이 있고 싶은 사람이다.
그 사람과 먹는 밥은 편안하고 즐거우며 기다려진다.

자기가 사랑하고 자기를 사랑하는 사람과 계속 밥을 먹을 수 있다는 건 축복이다. 사랑해도 자주 식사를 같이 못 하는 사람이 있고 자주 식사를 해도 사랑하지 않는 사람이 있으니까. 함께 준비한 식사, 즐겁게 같이 먹는 식사는 외로움의 적이다.

아무개가 괜찮은 마을에 살았다

E. E. 커밍스

아무개가 괜찮은 마을에 살았다
(여러 종소리가 울려 퍼지는)
봄 여름 가을 겨울
그는 하지 않은 것을 노래했고 한 것에 대해 춤을 추었다.

여자들 남자들은(작고 적은)
아무개에 대해 무관심했으며
그들은 헛된 것을 심었고 같은 것을 거뒀다
해 달 별 비

아이들은 추측했지(몇 명뿐이지만
그들은 점점 커 가면서 잊었고
가을 겨울 봄 여름)
아무도아닌사람이 그를 점점 더 사랑했다는 걸

시간이 흐르고 나무에 잎이 나고 떨어지는 동안
그녀는 그의 기쁨에 웃었고 그녀는 그의 슬픔에 울었으며
눈 속의 새 그리고 정적 속의 움직임
아무개의 어떤 것은 그녀에게 모든 것이었다

anyone lived in a pretty how town

E. E. Cummings

anyone lived in a pretty how town
(with up so floating many bells down)
spring summer autumn winter
he sang his didn't he danced his did.

Women and men(both little and small)
cared for anyone not at all
they sowed their isn't they reaped their same
sun moon stars rain

children guessed(but only a few
and down they forgot as up they grew
autumn winter spring summer)
that noone loved him more by more

when by now and tree by leaf
she laughed his joy she cried his grief
bird by snow and stir by still
anyone's any was all to her

특별한사람들은 모든사람들과 결혼했고
울고 웃고 춤추었으며
(자고 깨고 희망 그리고)그들은
이루어지지 않았다고 말했으며 그들은 그들의 꿈을 꾸었다

별 비 해 달
(그리고 녹는 눈만이
아이들이 얼마나 쉽게 기억하는 걸 잊는다는 것을 말해 주고
여러 종소리가 울려 퍼진다)

내가 추측건대 어느 날 아무개가 죽고
(그리고 아무도아닌사람이 그의 얼굴에 몸을 숙여 키스했고)
바쁜 사람들은 그들을 나란히 묻었다
점차 점차 옛날로 옛날로

넓고 넓은 깊고 깊은
점점 더 그들은 그들의 잠을 꿈꾸고
아무도아닌사람과 아무개는 사월의 땅에
영혼의 바람과 긍정으로.

여자들 남자들(동 딩)
여름 가을 겨울 봄
심은 것을 거두고 온 대로 가고
해 달 별 비

someones married their everyones
laughed their cryings and did their dance
(sleep wake hope and then)they
said their nevers they slept their dream

stars rain sun moon
(and only the snow can begin to explain
how children are apt to forget to remember
with up so floating many bells down)

one day anyone died i guess
(and noone stooped to kiss his face)
busy folk buried them side by side
little by little and was by was

all by all and deep by deep
and more by more they dream their sleep
noone and anyone earth by april
wish by spirit and if by yes.

Women and men(both dong and ding)
summer autumn winter spring
reaped their sowing and went their came
sun moon stars rain

이 시는 사랑의 시이기도 하고 슬픈 시이기도 하다.

괜찮은 마을에 여러 종이 울려 퍼진다.
마을에는 아무개(anyone)가 살고 있다.
특별한사람들(someones)과 모든사람들(everyones)이 살고 있는데
이 사람들은 여자들(women)이고 남자들(men)이다.
아이들(children)과 바쁜 사람들(busy folk)도 산다.
아무개(anyone)는 아무도 알아주지 않지만 행복하다
그는 하지 않은 것을 노래했고 한 것에 대해 춤을 추었다.

아무 아파트에 사는 아무개 대하듯, 아무개(anyone)에 대해 마을 사람들은 관심이 없다. 이 마을 사람들이 키가 큰지는 모르겠으나 자기만을 생각하는 마음이 작은 사람들이다.

여자들 남자들은(작고 적은)

noone loved him(아무도아닌사람이 그를 사랑했다)
아무도아닌사람(noone)은 아무개(anyone)를 사랑했다.
no one loved him → noone을 no one으로 나누면
'아무도 않았다'로 의미가 바뀐다.
아무도(no one) 아무개(anyone)를 사랑하지 않았다.

그 둘의 사랑은 사랑을 하면서 사랑이 더 커지는 그런 사랑이었다(more and more가 아니라 more by more).

그들의 사랑이 얼마나 각별한지,

그녀는 그의 기쁨에 웃었고 그녀는 그의 슬픔에 울었으며
아무개의 어떤 것은 그녀에게 모든 것이었다

밤늦게 전화를 하다 스르르 잠든 연인의 코고는 소리를 들으며, 전화를 끊지 않고 자신도 잠이 드는 커플처럼, 그의 어떤 것도 그녀에게 전부였다.

이 부부가 느끼는 사랑을 마을 사람들은 보지 못한다. 마을 사람들은 공허하게 남들이 하는 걸 따라 하며 쳇바퀴 돌듯 살아간다. 해가 떴는 줄 알았는데 비가 온다.

그들은 헛된 것을 심었고 같은 것을 거뒀다
해 달 별 비

아이들만이 아무개(anyone)와 아무도아닌사람(noone)의 뜨거운 사랑을 알고 있다. 슬프게도 아이들이 커 가면서 아이들도 그들의 사랑에 대해 잊어버린다.

아이들은 추측했지(몇 명뿐이지만
그들은 점점 커 가면서 잊었고

그 부부의 사랑에 대해 아이들이 잊는 것은 눈이 녹는 것처럼 순리이겠지만, 아이들이 순수함과 호기심을 서서히 잃어 가는 것 같아 슬프다.

(그리고 녹는 눈만이 / 아이들이 얼마나 쉽게 기억하는 걸
잊는다는 것을 말해 주고

사랑에 대해 민감했던 아이들은 커서 어른이 되었고 삶이 바쁘

다. 바쁜 사람들은 아무개와 아무도아닌사람이 죽자 그 부부를 함께 나란히 묻는다.

어느 날 아무개가 죽고
(그리고 아무도아닌사람이 그의 얼굴에 몸을 숙여 키스했고) / 바쁜 사람들은 그들을 나란히 묻었다

바쁜 그들은 아무 일도 없었던 것처럼 다시 일상으로 돌아가 반복되는 삶을 살아간다. 우정, 사랑이 아이들에게 중요했는데, 어른이 되고 나니 마을의 다른 남자, 여자가 그런 것처럼 중요한 것이 아니다. 어른들은 살기 바쁘고 그 두 사람의 흔적은 없다.

시인 나(i)도 죽은 사람이 누구인지 모르고 추측한다.
내가 추측건대 그도 마찬가지다.

아무개(anyone)와 아무도아닌사람(noone)은 자연을 좋아했고 죽어서 편안하게 자연으로 돌아간다. 그들의 육신이 영혼으로 바뀌며 두 사람은 행복하다.

시간이 흐르고 나무에 잎이 나고 떨어지는 동안
눈 속의 새 그리고 정적 속의 움직임
아무도아닌사람과 아무개는 사월의 땅에
영혼의 바람과 긍정으로.

봄 여름 가을 겨울, 해 달 별 비, 시간이 흐른다. 아이가 태어나고 성장하고 결혼하고 늙고 죽는다. 계절은 반복되고 날씨는 바뀌며 시간은 지나간다.

봄 여름 가을 겨울
          가을 겨울 봄 여름
                    여름 가을 겨울 봄
해 달 별 비
    별 비 해 달
해 달 별 비

결혼식을 알리는 종소리, 장례식을 알리는 종소리.
마을에 다양한 종소리가 울려 퍼진다.

커밍스의 시는 파격적이고 신선하다.

그의 시를 좀 더 알아 가면서, 그가 단어를 조각으로 쪼개기도 하고 재배열하기도 한다는 것, 단어들을 합쳐서 새로운 단어를 만들기도 한다는 것, 여러 해석이 가능한 단어를 일부러 사용한다는 것, 마침표를 무시한다는 것, 괄호 안의 내용도 중요하다는 것, 대문자를 쓰지 않고 소문자로 시를 쓰기도 한다는 것 등, 많은 것이 새로웠다. 그의 시는 새롭고 재미있어서, 그가 다른 시에서 어떤 실험을 했을까 궁금하게 만든다. 따라 해 보고 싶은 욕구를 충동질한다. 언어를 가지고 노는 그의 시가 좋다. 문제는 그의 시가 쉬운 단어로 쓰여 있기 때문에 한 행, 한 행을 읽으면 쉽게 이해가 가지만, 몇 행을 읽고 나면 무슨 말인지 의미가 연결이 되지 않는 데 있다. 그럼 멈추고 생각한다. 멈춰 생각해도 이해가 잘 안 된다. 다행히 수수께끼 같은 그의 시를 계속 읽고 생각하다 보면 어떤 느낌이 조금씩 생기기 시작한다. 그의 시는 재미있다.

커밍스는 하나 이상의 의미를 갖고 있는 단어들을 의도적으로 선택해 나란히 줄을 세운다. 독자는 그가 선택한 단어의 의미를 적극적으로 알아 가며 그의 시에 빨려 들어간다. 예를 들어, 첫 행에서 'pretty'와 'how'를 살펴보자.

pretty는 긍정적 의미지만 목소리의 톤에 따라 좋음의 정도가 달라진다. 어떻게 말하느냐에 따라 pretty가 '괜찮아'도 되고 '아주 좋아'도 된다. how도 '어떻게 했어? 내가 보여 줄게(How did you do that? I will show you how)'처럼 '어떻게 하는지의 방법'을 의미하는가 하면, '어떻게 보여? 아주 좋아(How does it look? Pretty good)'처럼 '얼마나의 정도'를 의미하기도 한다. 커밍스는 이런 애매한 두 단어를 나란히 제시한다. 'pretty how'라는 이 낯선 단어의 조합에 독자는 '이게 뭐지?' 하며 멈칫한다. 영어를 모국어로 쓰는 사람에게도 이 두 단어의 조합은 낯설고 의미는 애매하다. 인생이 애매하듯, 커밍스 시가 갖고 있는 애매함이 그의 시를 더 깊게 이해하게 하고 공감하게 한다. 띄어 쓴 'any one', 'no one'보다 붙여 쓴 'anyone', 'noone'에 더 공감이 간다.

소네트 29번

윌리엄 셰익스피어

운명도 사람도 등을 돌려 치욕에 떨며,

따돌림으로 나 홀로 눈물로 울부짖고,

그리고 귀 막은 하늘에 나의 헛된 부르짖음은 닿지 않고,

그리고 나를 바라보며 나의 처지를 저주할 때,

그 사람처럼 더 많은 희망이 있고,

더 잘생기고, 더 많은 친구가 있고,

더 재능이 있고, 더 영향력이 있으면 좋으련만,

내가 가장 즐겨 했던 일도 아무런 기쁨을 주지 않는구나;

이런 생각으로 나 자신이 경멸스러울 정도지만,

당신을 생각하니 내 마음은,

(울적하고 뿌루퉁한 지구의 새벽을 깨우는 종달새처럼)

하늘 문이 열리며 기뻐 노래한다;

　　당신과 달콤했던 사랑의 기억이 불러오는 풍족감에

　　나는 내가 처한 상황을 왕과도 바꾸지 않겠다.

Sonnet 29

William Shakespeare (1564~1616)

When, in disgrace with fortune and men's eyes,
I all alone beweep my outcast state,
And trouble deaf heaven with my bootless cries,
And look upon myself and curse my fate,
Wishing me like to one more rich in hope,
Featured like him, like him with friends possessed,
Desiring this man's art and that man's scope,
With what I most enjoy contented least;
Yet in these thoughts myself almost despising,
Haply I think on thee, and then my state,
(Like to the lark at break of day arising
From sullen earth) sings hymns at heaven's gate;
　For thy sweet love remembered such wealth brings
　That then I scorn to change my state with kings.

난 이제 혼자고 사람들도 나에게서 등을 돌렸다.
신께 도와달라고 외쳐 보지만 하늘도 무심하지,
내가 그렇게 바라고 원하는데 하늘은 듣지 않는다.
내 처지가 왜 이 모양인 거야?
내가 저 친구처럼 희망이 있다면,
내가 저 친구처럼 잘생기고 친구가 많다면,
내가 저 친구처럼 재능이 있고 영향력이 있다면,
No, oh no, not me.
이제 지금의 내 상황을 비춰 보니 내가 예전에 좋아했던 일이 이젠 더 싫구나.
잠깐, 아, 기억난다.
그와 좋은 시간을 가졌지.
내가 그걸 잊었구나. 맞아, 내 상황이 그리 나쁘진 않아.
내 처지를 임금과 바꾸라고 해도 난 'No'라고 할 거야.

셰익스피어는 어쩔 줄 모르는 괴로움과 남과의 비교에서 오는 상대적 박탈감을 좋은 기억 하나로 한 방에 날려 버린다. 급반전(*volta*)이 일어나면서 꿀꿀함이 기쁨으로 바뀐다.

소네트 29에서 소네트는, '작은 노래(a little song, a little sound)'라는 의미의 이탈리어어 *sonetto*에서 왔다. 소네트 중에 대표적인 형식인 셰익스피어 소네트에 대해서 책 끝 '지나가기'에 간단히 설명하였다.

오늘 우울하다. 우울증인가? 기분은 항상 일정한 게 아니라 올라갔다 내려왔다 하기 때문에 하루 이틀 기분이 나쁘다고 해서 우울증에 걸린 것이 아니다. 정신질환 진단 및 통계 매뉴얼《DSM-5-TR, 2022》에서 우울증을 진단할 때 어떤 증상을 사용하는지 알아보자. 거의 하루 종일 기분이 나쁘거나(슬프고 허전하고 희망이 없다고 느끼거나, 다른 사람이 보기에 슬퍼 보이는), 관심이나 즐거움이 없거나, 다이어트를 하고 있지 않은데 몸무게가 눈에 띄게 줄거나 늘거나, 불면증이거나 하루 종일 졸리거나, 초조하고 안절부절못한다거나, 정신운동성 지체로 정신적·육체적 반응이 느리거나, 피로하고 에너지가 없거나, 과도한 죄책감이나 자신이 무가치하다고 느끼거나, 집중이 안 되거나, 자살을 생각하는 등의 여러 증상을 검토한다. 이런 증상이 한두 개 있다고 해서 우울증에 걸린 것이 아니다. 적어도 이런 증상이 5개나 그 이상이 있어야 하고, 그런 증상이 2주는 지속되어야 우울증으로 진단하며, 그 2주 동안에 1) 기분이 나쁘거나 2) 즐거움이나 흥미가 없는 증상 둘 중에 하나는 적어도 있어야 한다.

하루는 인지행동치료의 아버지라고 불리는 에론 벡(Aaron Beck) 박사가 우울증에 시달리는 유명 작가를 치료하게 되었다. 박사가 작가에게 "당신이 쓴 책을 참 감명 깊게 읽었습니다"라고 말하자 작가의 얼굴이 갑자기 어두워지더니 눈물을 흘리기 시작했다.

"왜 그러시나요?" 박사가 놀라서 물었다.

"박사님이 제 책을 읽고 감명을 받았다니 박사님은 멍청한 사람입니다. 아니면 제 책을 읽지 않고 읽었다고 저에게 거짓말을 하는 겁니다. 그걸 생각하니 눈물이 나네요."

우울한 유명 작가는 자신에 대해 부정적으로 생각하고 정보를 편향적으로 처리하는 경향이 자동화되어 있기 때문에, 많은 사람들이 자신의 책을 좋아한다는 사실은 그에게 별 의미가 없다. 자기를 치료하는 정신과 의사의 칭찬도 믿지 않는다. 박사가 "당신 책을 읽었는데 쓰레기였어요"라고 했다면 박사님은 역시 듣던 대로 대단한 의사라고 했을지 모른다.

당신 '못생겼어'라는 말을 듣고 싶어 하는 사람이 세상에 있을까? 있다. 남들이 예쁘다고 생각해도 자신이 못생겼다고 생각하는 사람은, '못생겼어'라는 말을 더 받아들인다. '못생겼어'가 자신의 신념과 일치하기 때문이다.

심리 치료사인 알버트 엘리스(Albert Ellis)는 "감정을 바꾸고 싶으세요? 자신이 생각하고 해석하는 방식을 바꾸세요. 그러면 감정이 바뀝니다(You mainly feel the way, you think)"라고 말한다.

환자: 의사 선생님, 제가 우울합니다. 어떻게 해야 하나요?
의사: 당신이 계속 뺨을 때리고 있어요.
이제 그만 본인의 따귀를 때리는 걸 멈추세요.

자신을 괴롭히기로 작정한 사람처럼, 어떤 때 우리는 우리 자신에게 나쁜 소리를 계속하며 자신을 괴롭힌다. 자신이 때린 뺨으로 자신이 아픈데 계속 때린다.

철썩, 철썩.

치료자는 이러한 비합리적인 행동을 그만하라고 조언하지만 자신을 계속 때리는 사람의 입장에서는 이 행동이 비합리적이지 않다. "선생님. 멈추라고 하셨지요. 스스로 충분히 나를 힘들게 했으니 그만하라고요. 두려워하지 말고 받아들이라고요. 괜찮다고요. 그렇게 말하지 마세요, 선생님. 선생님이 내 아픔을 어떻게 알아요? 왜 내가 안절부절하지 못하고 불안해하는지 보고도 몰라요. 계속 시도해 보라구요? 많이 했어요. 난 계속 실패했다구요. 모든 사람이 다 날 무시하고 내 곁을 떠났다구요. 미래가 밝지 않으니 걱정을 하지요. 누가 내가 나를 때리는걸 몰라요. 바꾸려고 해도 안 된다구요. 그렇게 하는 게 습관이 되어 버렸어요. 이제 난 지쳤고 다 귀찮다구요"라고 말하며 자신과 공감하지 못하는 치료자가 답답하고, 심지어 치료자에게 화가 난다.

소네트 30번

윌리엄 셰익스피어

달콤하고 조용한 명상의 시간에
나는 과거의 기억을 떠올리며,
나는 내가 원했지만 이루지 못한 많은 일에 한숨짓고,
지난 슬픔은 새로운 비애가 되어 귀중한 시간을 낭비한다:
이렇게 눈물을 흘릴 수 있다니, 울음이 낯선 내가,
소중한 친구들은 돌아올 기약 없는 죽음에 숨어 버렸고,
끝난 사랑의 슬픔으로 다시 슬퍼하며 눈물 흘리고,
사라져 더 이상 볼 수 없는 많은 것의 손실에 신음한다;
그때 나는 지나간 비탄으로 비탄에 잠기고,
무거운 마음으로 울고 또 울며
이미 슬퍼해 버린 것에 대해 슬퍼하는 슬픈 계정에,
이전에 지불하지 않았던 것처럼 나는 지금 지불하리라.
하지만 내가 당신을 생각하면, 친구야,
모든 손실은 회복되고 슬픔은 끝난다.

Sonnet 30

William Shakespeare

When to the sessions of sweet silent thought
I summon up remembrance of things past,
I sigh the lack of many a thing I sought,
And with old woes new wail my dear time's waste:
Then can I drown an eye, unus'd to flow,
For precious friends hid in death's dateless night,
And weep afresh love's long since cancel'd woe,
And moan th' expense of many a vanish'd sight;
Then can I grieve at grievances foregone,
And heavily from woe to woe tell o'er
The sad account of fore-bemoaned moan,
Which I new pay as if not paid before.
But if the while I think on thee, dear friend,
All losses are restor'd, and sorrows end.

한가로이 산책을 하다가 문득 오래전에 잊었던 기억이 수면에 떠오른다. 잊고 있었던 사람이 떠오르더니 몇 발자국을 걷자 다른 사람이 떠오른다. 한 사람, 한 사람이 떠오르더니 어느새, 몇 년 아니 몇십 년째 보지 못했던, 어쩌면 내가 이 세상에 살아 있는 동안 보지 못할, 많은 사람들이 떠오른다. 그러다가 생각의 급반전이 생기면서, '아, 여전히 내 옆에는 그 사람이 있구나', '아, 그 사람도 있지', '그래. 우린 여전히 끈끈한 우정을 나누고 있어', '맞아'. 그 생각을 하니 슬펐던 기억이 싹 쓸려 가고 기쁨이 솟아오른다. 위안이 된다.

셰익스피어도 잊고 있었던 슬픈 기억이 불현듯 떠올랐다. 하나의 슬픈 기억이 꼬리에 꼬리를 물고 다른 슬픈 기억을 물어 오더니 슬픈 기억이 줄줄이 사탕으로 이어져 나온다. 그 일로 충분히 슬퍼했다고 생각했는데 그 기억이 떠오르니 다시 슬프다. 슬퍼서 끄억끄억 어어엉 하고 크게 울었더니 더 슬프다. 슬픔이 차곡차곡 쌓여 간다. 맞아! 내 친구 누구. 내 친구 누구누구. 그래, 내 삶이 그렇게 미저리하지는 않아. 나에겐 네가 있어!

셰익스피어는 이 소네트를 통해 통장의 출입금 내역을 검토하듯 자신의 감정 리스트의 재무상태를 살펴본다. 나의 슬픈 계정에는 빚이 있다. 슬퍼해도 계속 슬픈, 슬픈 계정이다. 그런데 당신을 생각하니 내 통장의 빚이 깔끔히 없어졌다.

소네트 30에는 반복이 많다. 1~5행만 살펴봐도 **s**, **w**가 여러 번 사용된 것을 쉽게 볼 수 있다.

sessions, sweet, silent (1행)
summon, remembrance, things, past (2행)
sigh, sought (3행)
with, woes, new, wail, time's waste (4행)
drown, flow (5행)

단어도 반복된다.

grieve at **griev**ances (9행)
woe to **woe** (10행)
bemoaned **moan** (11행)
pay, **paid** (12행)

셰익스피어는 반복을 통해 독자로 하여금 자연스럽게 정말 슬픔이 지겹도록 반복된다는 것을 느끼게 한다.

무거운 마음으로 울고 또 울며
이미 슬퍼해 버린 것에 대해 슬퍼하는 슬픈 계정에,
이전에 지불하지 않았던 것처럼 나는 지금 지불하리라.

'알았어! 슬픈 것 충분히 얘기했어. 알았다구!'를 소리치려는 그 순간, 급반전이 생긴다. 당신을 생각하니 나의 모든 고통이 끝난다. 슬픔이여, 이제 안녕!!

불굴의 의지

윌리엄 어니스트 헨리

내 주위가 온통 어두워,
    한도 끝도 없이 깜깜한 밤에,
나는 정복되지 않는 나의 영혼에 대해
    신께 감사한다.

지옥 같은 상황에서도
    나는 눈을 끔뻑이거나 큰 소리 내어 울지 않는다.
머리를 둔기로 맞아
    내 머리에 피가 철철 흘러도 난 굴복하지 않는다.

분노와 슬픔을 넘어서
    죽음의 그림자가 엄습해도,
이런 시련이 계속돼도
    두려워하지 않는 결코 두려워하지 않을 나를 본다.

문이 아무리 좁아도,
    내가 쌓은 형벌이 아무리 많아도,
나는 내 운명의 주인이고,
    내 영혼의 선장이다.

Invictus

William Ernest Henley (1849~1903)

Out of the night that covers me,
　Black as the pit from pole to pole,
I thank whatever gods may be
　For my unconquerable soul.

In the fell clutch of circumstance
　I have not winced nor cried aloud.
Under the bludgeonings of chance
　My head is bloody, but unbowed.

Beyond this place of wrath and tears
　Looms but the Horror of the shade,
And yet the menace of the years
　Finds and shall find me unafraid.

It matters not how strait the gate,
　How charged with punishments the scroll,
I am the master of my fate,
　I am the captain of my soul.

친하게 지내던 심리학자가 쓰고 있는 원고를 나에게 보내 주었다. 그는 자아(self)에 관해 책을 쓰고 있었는데 그 책은 한 고승의 얘기로 시작한다.

지금으로부터 300년쯤 전 일본의 한 마을에 젊고 아름다운 여자가 살았다. 그녀의 부모님은 식품점을 하고 있었는데, 어느 날 부모는 자신의 딸이 임신한 사실을 알고 화가 머리끝까지 치밀어, 딸에게 아이의 아버지가 누구냐고 다그쳐 묻는다. 딸은 계속 대답을 하지 않다가 결국 부모의 성화에 못 이겨, 애 아빠가 동네에서 명망이 높은 하쿠인 스님이라고 말한다.

부모는 한걸음에 하쿠인 스님을 찾아가 따진다.

얘기를 다 들은 스님은 "그러십니까?"라고 한 마디 말만 한다. 시간이 흘러 딸이 아이를 낳자 부모는 아이를 안고 스님에게 가서, 당신 자식이니 당신이 기르라며 아이를 두고 온다. 이제 스님 평판은 나락으로 떨어졌다. 스님은 사람들의 경멸과 손가락질을 받고 어렵게 탁발과 젖 동냥을 하며 아이를 정성껏 키운다.

1년이란 시간이 흐른 후 아이 엄마는 더 이상 고통을 참지 못하고 부모에게 말한다.

"엄마, 아빠, 할 말이 있어. 사실은 내가 거짓말을 했어. 하쿠인 스님은 아이의 진짜 아버지가 아니야. 진짜 애 아빠는 동네 생선가게에서 일하는 젊은 청년이야."

아이의 아버지가 누구인지를 알게 된 부모는 스님에게 찾아가 사죄한 후 아이가 스님의 아이가 아니니 이제 자신들이 아이를 데려가야겠다고 말한다. 스님은 "그러십니까?"라는 한마디 말만 하고 아이를 기꺼이 돌려준다.

스님의 마음은 어땠을까?

갑자기 모르는 사람이 모르는 아이를 안고 찾아와 "당신 자식이오"라고 한다. 스님은 아이가 자기 자식이 아니란 걸 누구보다 잘 알고 있다. 스님이 "나는 그 아이의 아버지가 아니오. 어서 나가시오"라고 말하면 간단하다.

스님은 그렇게 하지 않았다. 왜 그러지 않았을까?

스님은 불행해질 아이의 미래를 생각했으리라.

아이 엄마의 처지도 생각했으리라.

스님은 대신 "차나 한잔하지요"라고 말하듯,

"그러십니까?"라는 말만 하고 모르는 남의 아이를 받아들인다. 아이 엄마의 거짓말로 예기치 않은 인연이 생겼다.

스님은 이제 많은 걸 잃었지만 아이를 정성껏 보살핀다.

1년이 지나자, 아이 엄마의 부모가 스님에게 다시 찾아와 친자식처럼 사랑해 온 아이를 이제 내놓으라고 한다!

이 책을 쓰고 있는 심리학자에 대해 생각해 보았다.

미국인인 그가 왜 아시아의 고승 이야기로 책을 시작했을까? 물론 고승 이야기는 '나는 누구인가?'를 설명하는 데 적절한 예이다. 하지만 고승의 이야기는 그에게 그 이상의 의미가 있었다고 생각한다.

그는 사랑하는 외동딸을 갑자기 잃은 후 자신이 좋아했던 집을 팔았고 그가 오랫동안 살았던 곳을 떠나 아주 멀리 이사를 갔다. 그가 살았던 곳에 계속 살면 딸과 함께 걸었던 거리, 식당에서의 음식 냄새, 옷을 함께 골랐던 쇼핑몰 등이 그가 의도하지 않아도 자연스럽게 딸과의 예전 기억을 떠올리게 해 그를 힘들게 했기 때문이다.

그 책을 쓰면서 그의 마음에 많은 생각이 지나갔으리라. 갑자기 아이가 없어지게 된 하쿠인 스님처럼, 소중한 딸을 잃은 아픔은 그에게 그 자신이 과연 누구인지를 되묻게 하였으리라. 하지만 그는 딸의 죽음에 대한 슬픔에 굴복하지 않았다. 그는 여전히 많은 강연을 하고, 자신이 선곡한 재즈 음악을 들으며 오늘도 글을 쓴다.

YouTube에서 본 다큐멘터리가 '생로병사의 비밀'인 것으로 기억한다. 일본 도쿄에 사는 안도 큐조 할아버지는 커피 원두 도매전문점을 운영하고 있는 바리스타다. 놀라운 것은 그의 나이가 무려 102세라는 점이다. 그는 이렇게 말한다.

> "100세까지 살고 건강하려면 '시작'하는 것을 잊어버리지 말아야 해요. 바로 그것이죠. 젊어져요."

윌리엄 어니스트 헨리는 12살 때, 다리 뼈에 결핵균이 침범하여 골결핵에 걸린다. 19살 때, 골결핵으로 인해 왼쪽 다리를 잃는다. 23살 때, 살려면 오른쪽 다리도 절단해야 한다는 말을 담당 의사로부터 듣는다. 그는 다른 병원으로 옮겼고 25살 때, 오른쪽 다리를 자르지 않고 병원에서 퇴원한다. 병원에 입원해 있는 동안 병상에 누워서 시를 썼다. 〈불굴의 의지〉도 그때 쓴 시 중 하나다.

병상에서 윌리엄 어니스트 헨리는 자신이 쓴 시를 큰 소리로 읽으며 본인을 위로했으리라. 나는 결코 정복당하지 않는 불굴의 의지를 갖고 있으며 어떤 시련과 어려움 속에서도, 천국에 들어가는 문이 아무리 좁아도, 내가 평생을 쌓아온 지옥 형벌이 아무리 깊어도, 나는 내 운명을 결정하겠다 다짐했으리라. 그리고 난

'내 운명의 주인이고

내 영혼의 선장이다'라고 외쳤으리라.

오지멘디어스

퍼시 비시 셸리

나는 오래되고 신비한 땅에서 온 여행자를 만났다,
그가 말했다—"몸통 없는 거대한 두 개의 다리 석상이
사막 위에 우뚝 서 있고. . . . 석상 근처, 모래에,
깨진 채로 반쯤 묻혀 있는 얼굴 조각상은, 찡그리고,
입술은 주름지며, 입가에는 차가운 명령의 냉소가 서려 있어,
조각가가 왕의 열정을 잘 재현했다는 걸
생명 없는 석상은, 지금까지 살아남아, 왕의 열정을 조롱한,
조각가의 솜씨와, 열정이 가득 찬 왕의 마음을 말해 준다;
그리고 받침대에는, 이런 글자가 보인다:
내 이름은 오지멘디어스, 왕 중의 왕;
내 업적을 보라, 이 세상의 강력한 왕들아, 그리고 절망하라!
남겨진 조각상 옆에는 이젠 아무것도 없다. 부식되고
심하게 부서진 거대한 석상 주위에는, 경계도 없이 벌거벗고
외로우며 평평한 모래사막이 끝없이 펼쳐져 있다."

Ozymandias

Percy Bysshe Shelley (1792~1822)

I met a traveller from an antique land,
Who said—"Two vast and trunkless legs of stone
Stand in the desert. . . . Near them, on the sand,
Half sunk a shattered visage lies, whose frown,
And wrinkled lip, and sneer of cold command,
Tell that its sculptor well those passions read
Which yet survive, stamped on these lifeless things,
The hand that mocked them, and the heart that fed;
And on the pedestal, these words appear:
My name is Ozymandias, King of Kings;
Look on my Works, ye Mighty, and despair!
Nothing beside remains. Round the decay
Of that colossal Wreck, boundless and bare
The lone and level sands stretch far away."

나는 오래되고 멀리 떨어진 신비로운 지역을 다녀온 어떤 여행자를 만났다. 그 사람이 나에게 자신이 다녀온 곳에 대해 말해 주었다. "사막 한가운데에 거대한 석상(石像)이 우뚝 서 있었어요. 그런데 돌로 된 조각상은 몸통은 없고 두 다리만 있었지요. 그 두 다리 석상에서 조금 떨어진 곳에 얼굴 조각상이 있었는데 모래에 반쯤 묻힌 채로 놓여 있었습니다. 얼굴이 위를 보고 있어서 얼굴 표정을 읽을 수가 있었습니다. 얼굴은 찡그리고 있었고 입술은 주름져 있었으며 입에는 잔인하고 거만한 통치자의 차가운 미소가 묻어 있었습니다. 조각가가 오지멘디어스 왕의 열정을 잘 표현했다는 걸 생명 없는 돌 조각상은 말해 주고 있었습니다. 돌 조각상은 지금까지 살아남아, 왕의 열정을 조롱하듯 과장되게 표현한 조각가의 솜씨와 열정이 가득 찬 왕의 마음을 잘 나타내 주고 있었습니다. 석상 밑 받침대에는 이런 문장이 적혀 있었습니다.

'내 이름은 오지멘디어스다. 나는 왕 중의 왕이다.'

'내 엄청난 업적을 봐라, 이 세상에 있는 모든 왕, 권력자, 통치자, 힘 센 녀석들아, 너희들이 결코 달성할 수 없는 나의 위대한 업적을 보고 절망하라!'

지금은 조각상만 남겨져 있었습니다. 우렁차게 소리치던 왕의 외침도, 그가 이뤄 놓은 업적도, 웅장한 왕의 동상을 보기 위해 찾아왔을 수많은 사람들도 온데간데없이 그 주변은 아무것도 없었습니다. 시간, 날씨, 전쟁을 겪으며 심하게 부서진 석상은 부식되고 있었고, 그 석상 주위는 경계도 없이, 잡초, 식물, 나무조각, 자갈 어떤 것도 보이지 않는 불모지에, 외롭고 평평한 모래사막만이 끝없이 펼쳐 있었습니다."

이 짧은 시에는 네 명이 등장한다.

여행자: 큰 따옴표(“ ”) 안에서 이야기하는 여행자

오지멘디어스: 자신에 대해 이야기하는 오지멘디어스

조각가: 왕에 대해 이야기하는 조각가

시인: 시적 화자인 시인

거기에 권력이 있는 다른 왕과 시를 읽는 독자까지 포함시키면 이 시에는 여러 사람이 등장한다. 시인 셸리는 왜 자신이 직접 이야기하지 않고 여행자를 통해 간접적으로 오지멘디어스에 대해 얘기를 했을까? 여행자의 입을 통해 듣게 되는 오지멘디어스의 이야기는 아주 오래되고 아주 먼 곳에서 들려오는 소리처럼 거리감이 느껴진다. 다시 돌아오지 않을 오래된 과거에 대한 이야기는 슬픔마저 느끼게 한다. 오지멘디어스의 외침도 힘이 없고 공허하다. 왕 중의 왕 오지멘디어스도, 그의 위대한 업적도, 시간이 지나니 주위에 남은 건 불모지의 모래뿐이다.

시의 첫 행을 보면 여행자는 오래되고 신비한 땅(antique land)에서 왔다. 시인은 흥미롭게도 이 두 단어를 선택했다. 왜 이 단어들을 선택했을까 생각해 보았다. 좋은 골동품과 만나면, 아주 오래되었구나, 아름답다, 흥미롭다, 독특하다, 신비롭다는 생각이 든다. 시인이 ‘ancient’라는 단어를 썼다면 그저 오래되었다는 의미만 전달돼서 심심했을 텐데, 시인은 ‘antique’이란 단어를 골라 ‘오래되었고 흥미롭고 신비롭다’는 의미를 같이 전달한다. 읽어 봐도 ‘antique’가 시적으로 더 운치가 있다. 유적지(historic site)라고 했으면 관공서에서 관리하는 동상을 보기 위해 입장권을 내고 들어가야 할 것 같은 느낌이 들 텐데, 'antique land'라는 표현을 써서 문서나 기록조차도 없고 아무도 어디서 시작되었는지도 모르는 곳에 방문하는 것처럼 묘한 신비감이 느껴진다.

이 시의 하이라이트는 오지멘디어스의 말이다.

오지멘디어스는 자신의 동상에 다음과 같은 글자를 한 글자, 한 글자 새기게 했다.

> 내 이름은 오지멘디어스, 왕 중의 왕;
> 내 업적을 보라, 이 세상의 강력한 왕들아, 그리고 절망하라!

왕은 지금부터 영원까지 자신의 동상을 지나가는 사람은 누구든지 오지멘디어스가 왕 중의 왕이라는 걸 잊지 말라는 의미에서 글자를 새기게 했으리라. 그런데 시는 우리에게 권력은 결코 영원하지 않고 일시적이라는 것을 말해 준다. 권력은 언젠가 사라지고 다른 사람에 의해 대체된다.

이 시에 나오는 오지멘디어스는 이집트의 파라오(왕), 람세스 2세(Ramesses Ⅱ, 기원전 1313년~기원전 1223년)를 가리킨다. 시인 셸리가 파라오의 이름을 그리스식 이름으로 바꾸어 오지멘디어스라 하였다. 이 시의 아이러니는 부자나 가난한 사람이 그렇듯, 권력자나 힘이 없는 사람이 그렇듯, 세상을 호령하던 파라오도 지나가는 시간의 파괴성에 속절없이 기억 속에 사라져 버린다고 말하면서도, 정작 이 시가 너무 잘 써져서 시를 사랑하는 사람에게는 그 어느 파라오보다 오지멘디어스는 시간이 지나면 지날수록 사람들의 기억 속에 영원히 남는다는 데 있다. 이 시가 갖고 있는 파워 때문에, 세월이 오래오래 지났지만 우리는 여전히 오지멘디어스에 대해 이야기하고 있다.

밝게 빛나는 별

존 키츠

밝게 빛나는 별! 내가 당신처럼 변함없이 한결같다면—
  밤에 하늘 높이 매달려 장엄히 외롭게 빛나는 별이 아니라,
눈꺼풀을 영원히 치켜뜨고,
  참을성 있고 잠을 자지 않는 자연의 외로운 은둔자같이,
성직자의 임무처럼 들어왔다 밀려 나가며
  지구의 인간 해안을 정화하는 파도를 보는 별이 아니라,
또는 산과 황야 위에 새롭고 부드럽게 내린 눈으로
  덮인 가면을 응시하는 별이 아니라—
그게 아니라—그러나 항상 한결같이, 항상 변함없이,
  아름다운 그녀의 풋풋하고 매력적인 가슴을 베개 삼아,
부드럽게 내려갔다가 올라오는 가슴을 영 원히 느끼며,
  감미로움에 잠들지 않고 영 원히 깨어서,
항상, 항상 그녀의 새근-거리는 숨소리를 들으며,
그렇게 영원히 살리라—아니면 실신해 죽으리라.

Bright Star

John Keats (1795~1821)

Bright star! would I were steadfast as thou art—
  Not in lone splendour hung aloft the night,
And watching, with eternal lids apart,
  Like Nature's patient sleepless Eremite,
The moving waters at their priestlike task
  Of pure ablution round earth's human shores,
Or gazing on the new soft fallen mask
  Of snow upon the mountains and the moors—
No—yet still steadfast, still unchangeable,
  Pillow'd upon my fair love's ripening breast,
To feel for ever its soft fall and swell,
  Awake for ever in a sweet unrest,
Still, still to hear her tender-taken breath,
And so live ever—or else swoon to death.

낭만주의 시인 키츠가 사랑을 노래한 이 시는 젊음과 열정이 넘치고 감각적이며, 시에서 그려지는 생생한 시각적 이미지가 우리의 감성을 깨운다.

시 한 줄을 썼다. 영감이 떠올라 쓴 한 줄이 자신이 읽어 봐도 꽤 괜찮다. 단어의 사전적 의미나 함축적 의미를 고려하지 않고 썼는데도 단어 선택도 좋고 행에 리듬도 있다. 다음 행도 써 보았다. 그리고 그다음 행도 썼다. 곧 깨닫는다. 난 시인은 아닌가 봐.

행간의 의미가 완벽한 조화를 이뤄, 시에 나오는 어떤 단어도 다른 단어로 바꿀 수 없고, 어떤 행도 다른 행으로 대체할 수 없고, 게다가 시가 연주하는 소리마저 아름다운 시를 쓴다는 건 정말 어려운 일이다. 천재 시인 존 키츠는 25살이라는 젊은 나이에 죽었지만 그는 아름다운 시를 우리에게 남기고 갔다.

〈밝게 빛나는 별〉은 키츠가 사랑하는 여인을 위해 1819년 23살에 썼고, 1820년 24살에 시를 수정한다. 천재 시인은 자신의 시를 어떻게 수정하는지 관심이 있을 분을 위해 1819년 수정 전 시의 일부를 가져왔다.

Cheek-pillow'd on my Love's white ripening breast,
To touch, for ever, its warm sink and swell, (1819)

Pillow'd upon my fair love's ripening breast,
To feel for ever its soft fall and swell, (1820)

의사였던 키츠는 자신이 다음 해에 죽을 것 같다고 생각했고, 영원한 사랑을 믿지만 죽음이라는 인간의 피할 수 없는 한계를 느끼며, 이 시에서 사랑하는 사람에게 자신의 감정을, 한자리에서 영원히 밝게 빛나는 별에 빗대어 노래한다.

밝게 빛나는 별!
나도 당신처럼 변함없이 밝게 빛나는 별이 되고 싶어.
잠깐, 근데 혼자 있는 외로운 별이 되고 싶지는 않아.
하늘 높이 매달려 외롭게 장엄하고 화려하게 보석처럼 빛나는 별은 사양할래.
인내심 많고 잠을 자지 않는 외로운 은둔자처럼
눈을 영원히 계속해서 뜨고,
들어왔다 나가며 인간 해안의 더러움을 깨끗이 씻어 내는 파도를 보는 별이 되거나
산이나 황야를 눈으로 덮인 하얀 세상을
응시하는 그런 별이 되고 싶지는 않아.
아니, 그런 별은 싫어.
내가 진짜로 원하는 별은,
항상 한결같고 변함없이
아름다운 당신의 풋풋하고 풍만한 가슴을 베개 삼고 누워
당신이 숨 쉴 때마다 오르내리는 가슴을 통해,
당신이 조용하게 숨 쉬는 소리를 듣는 거야.
감미로움에 취해 쉬거나 잠들지 않고
온전히 깨어서 당신을 느끼며

그렇게 영원히 사는 거야.
당신과 이런 아름다운 경험을 나누며 살 수 없다면
나는 차라리 실신해 죽겠어.

이 시를 한 줄로 줄여 보자. 시 첫 행 끝의 줄표(—)와 마지막 행 중간의 줄표(—)를 괄호라 생각하고 그 사이에 나오는 행들을 생략하면 다음과 같다.

빛나는 별! 내가 당신처럼 한결같지 않다면 실신해 죽으리라.

시를 한 줄로 줄이고 나니, 이 시가 격정적인 사랑의 시라는 걸 바로 느낄 수 있다. 시작과 끝만 얘기하지 말고 그 사이에 대한 얘기도 해 달라고 하면, 시인은 생략하고 읽었던 행들에서 그 사이에 무엇이 있었는지에 대해 설명해 준다. 더러운 걸 정화하는 파도를 보거나 산이나 황야 위에 내린 하얀 눈을 응시하는 별이 되기보다 당신의 가슴을 베개 삼아 당신의 호흡을 들으며 영원히 사는, 영원히 빛나는 별이 되고 싶다.

가을에게

존 키츠

무르익은 열매와 안개의 계절,
  성숙한 태양과 허물없는 친구;
태양과 남몰래 계획을 짜, 초가 처마를 휘감은 포도넝쿨이
  열매 맺게 하고 과일에 은총을 베푸네;
속까지 잘 익은 사과는 주렁주렁 열려,
  이끼 낀 나뭇가지가 휘었구나;
    호박은 살찌고, 헤이즐넛 열매는
  달콤한 씨와 함께 커 가고; 싹이 나오고,
또 나와, 나중에 꽃을 피워 벌이,
따뜻한 날은 결코 끝나지 않아라고 생각하게,
    왜냐하면 끈적한 벌꿀방이 여름에 넘쳐나니까.

To Autumn

John Keats

Season of mists and mellow fruitfulness,
  Close bosom-friend of the maturing sun;
Conspiring with him how to load and bless
  With fruit the vines that round the thatch-eves run;
To bend with apples the moss'd cottage-trees,
  And fill all fruit with ripeness to the core;
    To swell the gourd, and plump the hazel shells
  With a sweet kernel; to set budding more,
And still more, later flowers for the bees,
Until they think warm days will never cease,
    For Summer has o'er-brimm'd their clammy cells.

누가 수확물을 보고도 당신을 자주 보지 못한다 하나요?
이따금 당신을 찾아다니다가 곳간 바닥에
걱정 없이 앉아 있는 당신을 보기도 하고,
키질로 생긴 바람에 당신의 머리카락은 부드럽게 날리고;
반쯤 수확하다가 만 고랑에서 잘 자거나,
양귀비의 그윽한 향기로 졸기도 하고, 당신의 낫은
다음에 벨 자리, 수확물과 엉켜 꽃 옆에 놓여 있습니다:
당신은 이따금 이삭 줍는 사람처럼 남은 것을 모아
머리에 짊어지고 균형 있게 개울을 건너고;
당신은 사이다를 짜는 기계 옆에서, 인내심 있게,
마지막 한 방울까지 몇 시간이고 지켜봅니다.

Who hath not seen thee oft amid thy store?
  Sometimes whoever seeks abroad may find
Thee sitting careless on a granary floor,
  Thy hair soft-lifted by the winnowing wind;
Or on a half-reap'd furrow sound asleep,
  Drows'd with the fume of poppies, while thy hook
    Spares the next swath and all its twined flowers:
And sometimes like a gleaner thou dost keep
Steady thy laden head across a brook;
  Or by a cyder-press, with patient look,
    Thou watchest the last oozings hours by hours.

봄노래가 어디 있나요? 네, 어디 있나요?
  봄노래를 생각 말아요, 당신은 당신의 음악이 있잖아요,—
조각구름은 부드럽게 저물어 가는 석양 속에 피어나고,
  밑동만 남은 평야는 장밋빛으로 물들고;
작은 모기들은 애처로이 강가의 버드나무에서 윙윙
  슬픈 합창을 하고, 불었다 말았다 하는 가벼운 바람에
    위로 오르기도 하고 밑으로 내려오기도 합니다;
다 자란 어린 양은 언덕진 곳에서 큰 목소리로 매애 울고;
  덤불-귀뚜라미가 노래하고; 붉은-가슴 종달새는
  부드럽고 높은 소리로 정원에서 노래하고;
    제비들은 모여서 하늘에서 지저귑니다.

Where are the songs of Spring? Ay, where are they?
  Think not of them, thou hast thy music too,—
While barred clouds bloom the soft-dying day,
  And touch the stubble-plains with rosy hue;
Then in a wailful choir the small gnats mourn
  Among the river sallows, borne aloft
    Or sinking as the light wind lives or dies;
And full-grown lambs loud bleat from hilly bourn;
  Hedge-crickets sing; and now with treble soft
  The red-breast whistles from a garden-croft;
    And gathering swallows twitter in the skies.

완벽에 가까운 시로 칭송받는 〈가을에게〉는 키츠가 1819년 9월 19일 일요일 아름다운 가을 저녁에 쓴 송시(頌詩, ode)다. 송시는 좋아하는 대상, 사람, 자연을 칭송하기 위해 쓴 시다. 키츠는 1819년에 (위대한) 송시(頌詩)를 6편 썼는데 〈프시케에게 부치는 송시〉로부터 시작해 5편은 4·5월에 썼고, 〈가을에게〉는 마지막으로 9월에 썼다. 6편의 송시 중 〈그리스 항아리에 부치는 송시〉 끝부분에 나오는 "아름다움은 진실이고, 진실은 아름다움이다(Beauty is truth, truth beauty)"라는 시구는 잘 알려져 있다.

〈가을에게〉는 3연 11행으로 되어 있다(각운은 첫째 연은 '*a b a b c d e d c c e*'로 되어 있고 둘째와 셋째 연은 '*a b a b c d e c d d e*'로 되어 있다).

〈가을에게〉는 감각적 경험의 표현으로 가득 차 있어 우리의 시각, 촉각, 후각, 청각을 자극한다. 첫째 연에서 열매가 익어 가는 풍성함을, 둘째 연에서는 수확과 여유를, 마지막 연에서는 자연의 소리를 언어를 붓 삼아 그려 내고 있다. 1연, 2연, 3연으로 연이 바뀌면서 시간이 경과된다. 초가을로 시작해, 중, 늦가을로 가을 시기가 바뀐다. 가을 시기만 바뀌는 것이 아니라, 날도 안개 낀 오전에서, 수확하며 여유로운 오후로, 석양이 지며 새들이 지저귀는 저녁으로 바뀐다.

첫째 연에서 만물이 무르익어 가는 가을에 태양은 고도가 가장 높던 여름에서 내려오고 단짝인 가을과 비밀리에 계획을 짜서, 포도넝쿨에는 포도가 열리고, 사과가 주렁주렁 열려 사과나무 가지는 휘어지고, 호박과 헤이즐넛 열매는 통통해져 간다. 벌들은 초가을을 여름이 계속되는 줄 착각하고 분주히 꿀을 모으고 있다. 추수의 계절이 무르익어 간다.

태양과 단짝이었던 가을은, 둘째 연에서 사람으로 인격화되어 풍성한 계절에 어느 곳에서나 볼 수 있다. 마음이 넉넉하고 느슨하다. 걱정 없이 앉아서 키로 알곡과 쭉정이로 까부는 사람, 수확하다가 고랑에서 낮잠 자는 사람, 이삭 줍는 사람처럼 남은 것을 챙겨 머리에 이고 개울을 건너는 사람, 사과를 으깨 즙으로 사이다를 만드는 것을 몇 시간째 여유롭게 보고 있는 사람. 추수가 이루어지고 있다.

시각, 촉각, 후각을 첫째, 둘째 연에서 느꼈다면 마지막 연에서는 앞 두 연에서 언급되지 않았던 청각이 시각과 짝을 이뤄 가을의 노래를 들려준다. 등장인물은 모기, 양, 귀뚜라미, 종달새, 제비다. 바람도 거든다. 가을은 저물어 가고 논에는 벼나 수확물을 베고 남은 밑동만 있다. 초겨울로 들어가려 한다.

기억해

크리스티나 로세티

나 기억해 나 떠나면,
　침묵의 땅으로 멀리 떠나면;
　당신이 내 손을 더 이상 잡아 줄 수 없거나,
내가 나가려다 돌아서서 머무를 수 없을 때.
나 기억해 매일매일 당신이 계획했던
　우리의 미래에 대해 나에게 말할 수 없을 때:
나만 기억해; 당신 알지
그때는 충고하거나 기도하기에는 너무 늦잖아.
근데 당신이 나를 한동안 잊었다가
　다시 기억나면, 슬퍼하지 마:
　깜깜하고 부패되어
　내가 했던 기억의 흔적이 흐릿해지면,
당신이 나를 잊고 웃는 게 훨씬 나아
　당신이 나를 기억하며 슬퍼하는 것보다.

Remember

Christina Rossetti (1830~1894)

Remember me when I am gone away,
  Gone far away into the silent land;
  When you can no more hold me by the hand,
Nor I half turn to go yet turning stay.
Remember me when no more day by day
  You tell me of our future that you plann'd:
  Only remember me; you understand
It will be late to counsel then or pray.
Yet if you should forget me for a while
  And afterwards remember, do not grieve:
  For if the darkness and corruption leave
  A vestige of the thoughts that once I had,
Better by far you should forget and smile
  Than that you should remember and be sad.

이 시는 말한다.

기억해. 내가 죽으면 나 기억해.
침묵의 땅으로 내가 멀리 떠나면
당신이 내 손을 더 이상 잡아 줄 수 없거나,
내가 나가려다 몸을 돌려 머무는 게 가능하지 않을 때
나 기억해.
당신이 계획했던 우리의 미래에 대해
매일매일 나에게 말할 수 없어도 나 기억해.
나를 기억만 하면 그걸로 됐어. 당신 알지.
내가 죽고 나면 충고하거나 기도하기는 너무 늦잖아.

다른 사람은 몰라도 내가 사랑하는 사람은 내가 떠나도 나를 오랫동안 기억했으면 하고 바라게 된다. 이 시에서는 바람과 함께 미래에 일어날 수 있는 다른 가능성에 대해 언급하며 사랑하는 사람을 챙긴다.

나 기억하지 마. 나를 기억하는 게 당신을 힘들게 하면 나를 잊어도 돼. 그리고 웃어.

당신이 나를 잊고 웃는 게 훨씬 나아
　당신이 나를 기억하며 슬퍼하는 것보다.

서울 중랑구에 망우리(忘憂里) 공동 묘지가 있고, 망우산에 오르다 보면 구리두레길 1코스라는 이정표 옆에 구리시에서 설명한 망우리의 유래가 적혀 있다.

망우리에 정 씨가 살고 있었다.

정 씨는 조상이 있었는데 그 조상은 태조와 같이 동문수학하던 사이로 상당히 친하게 지냈다. 어느 날 정사에 골치가 아프던 태조가 자기가 묻힐 자리를 찾는다고 돌아다니다가 지금의 동구동 자리를 찾아냈다. 묘 자리를 정해 놓고 흐뭇해하던 태조는 동문수학하던 정 씨의 조상 집이 가까이 있어 그 집에 가서 "이제 나 후세에 돌아갈 자리를 마련해 놨으니까 이내 모든 시름을 잊었다네"라고 말한 후 그다음부터 걱정을 잊었다는 의미로 망우리라고 했다 한다.

망우(忘憂).

잊을 망(忘), 근심 우(憂). 내가 죽으면 근심을 잊는다는 뜻이겠지만, 나를 잊을까 걱정도 된다.

죽게 된다면 어떤 마음이 들까? 나 기억해. 나 기억하지 마.

내가 떠나도 나에 대한 나쁜 기억은 다 잊어 버리고 좋은 기억만 간직해 줬으면 하는 건 욕심일까?

그래 우리 더 이상 방황하지 말자

조지 고든 바이런

그래, 우리 더 이상 방황하지 말자
　밤이 너무 깊어,
마음은 여전히 사랑할 수 있고,
　그리고 달은 여전히 밝지만.

검은 검집보다 낡았고,
　그리고 영혼은 가슴보다 지쳤어,
그리고 마음은 숨 쉬기 위해 멈춰야만 해,
　그리고 사랑도 쉬어야 하고.

밤은 사랑을 위해 있고,
　그리고 날이 금방 밝아 오지만,
하지만 우리 더 이상 방황하지 말자
　달빛에서.

So We'll Go No More a Roving

George Gordon Byron (1788~1824)

So, we'll go no more a roving
  So late into the night,
Though the heart be still as loving,
  And the moon be still as bright.

For the sword outwears its sheath,
  And the soul wears out the breast,
And the heart must pause to breathe,
  And love itself have rest.

Though the night was made for loving,
  And the day returns too soon,
Yet we'll go no more a roving
  By the light of the moon.

두 사람이 젊었을 때의 즐거웠던 삶을 회상하며 대화를 하다가 결론에 도달한다.

우리가 젊었을 때
밤에 술 마시고 노래하고 춤추며 즐거운 시간을 보냈지.
이제 우리는 더 이상 젊지 않아. 책임져야 할 일들도 많고.
애들도 커 가고 직장에서 일도 늘어났고.
슬프지만 우리는 늙었고 정신 차려야 해.
더 이상 젊었을 때처럼 살 수 없어.
우리 이제 그만 방황하자. 늙었잖아.
늦게까지 술 마시고, 짝을 찾으러 다닐 수도 없잖아.
잠도 자야지.
마음은 청춘이라 뜨거운 밤을 보낼 수 있고 달도 밝지만.

우리가 깨닫고 받아들여야 할 게 있어.
검은, 뽑았다 넣었다를 많이 했더니, 검집보다 더 낡았고
그리고 영혼도 이 사람 저 사람 마구 만날 수 없고
몸도 안 따르고
그리고 마음도 숨을 쉬려면 멈춰야지.
그렇지 않으면 무감각해지잖아.
그리고 사랑도 쉬어야지.

현실을 인식하자. 날이 곧 밝아 오잖아.
우린 더 이상 젊지 않아.

알아. 날이 곧 밝아 오기 전에 좋은 시간을 더 보내고 싶지.
하지만 우리 더 이상 방황하지 말자.
달빛에서.

바이런은 화려한 미남이었다. 얼굴은 대칭을 이루고 있었고 눈은 컸으며 코는 오뚝했다. 사람마다 매력적인 얼굴에 대한 기준이 달라 누가 예쁘고 누가 잘생겼나에 대해 의견이 분분하다. 어떤 때는 누구의 얼굴이 잘생겼다, 못생겼다로 서로 다투기도 한다. 이 경우에는 의견이 다른 상대를 설득하려 하기보다(설득하려 하면 더 싸우기만 한다) '당신 말이 맞아'라고 하며 얼굴에 대한 서로 다른 의견을 존중해 주는 게 최선책이다.

심리학자들은 보는 사람에 따라 문화에 따라 매력적인 얼굴의 기준이 바뀐다고 생각하지 않고 매력을 정하는 공통적인 어떤 기준이 있을 것이라고 생각했다. 놀랍게도, 2살 난 아이도 매력적인 얼굴을 더 오래 쳐다본다. 이 대목에서 매력적인 얼굴에 대한 사람들의 인식과 심리학 연구가 괴리가 있을 수 있어, 매력적 얼굴의 특징 연구는 '난 심리학 연구 안 믿어!'라고 할 수 있는 부분이다.

심리학에서 매력적인 얼굴은 대칭(symmetry)과 평균(averageness)의 특징이 있다. 얼굴의 좌우 대칭이 중요한 이유는 대칭이 병원체 감염에 저항력이 높고 정상적인 발달을 반영하고 있기 때문에 그런 사람과 짝을 이루었을 때 자식에게도 좋고 자신에게도 좋다. 매력의 선호도를 정할 때 '평균적'인 얼굴이 중요한 것은 의

외다. 여기서 평균은 어떤 얼굴이 평가하는 집단(예를 들어 한국 사람) 안에서 대중적인 얼굴과 닮았는지를 말한다. 대중적인 얼굴과 많이 닮을수록 평균적인 얼굴이다. 연구에 따르면 사람들은 8명의 사진을 찍어서 컴퓨터로 인공적으로 합성을 한 얼굴보다 16명의 얼굴을 합성해서 만든 얼굴을 더 매력적으로 평가하고, 64명의 얼굴을 합성한 얼굴을 더 매력적이라고 평가한다. 평균적인 얼굴은 우리에게 친숙하고 전형적인 얼굴이기에 더 신뢰를 준다는 설명도 있고 유전적으로 더 다양한 유전자를 갖고 있기 때문이라는 설명도 있다.

심리학적으로 보면 바이런의 얼굴이 그랬다. 그의 얼굴은 대칭이고 낯설거나 아주 특이하지 않은 우리에게 친숙한 얼굴이다. 한 번 보면 바이런의 얼굴은 기억에 남는다.

미남이었던 바이런은 태어날 때부터 오른쪽 발이 안쪽으로 휘어 있어서 다리를 절었다. 그의 엄마도 바이런에게 '절름발이 녀석'이라고 한 적이 있다고 한다. 바이런이 미완성으로 끝낸 드라마 《기형의 탈바꿈, The Deformed Transformed, 1824》에서 엄마(Bertha)와 아들(Arnold)의 대화가 나온다.

Bertha: Out, Hunchback!

Arnold: I was born so, Mother!

Bertha: Out,

엄마: 나가, 꼽추야!

아들: 난 이렇게 태어났어요, 엄마!
엄마: 나가라구,

이 짧은 대화에서 바이런이 신체 때문에 겪었을 심적 아픔이 느껴진다. 바이런은 사교계의 유명인사였다. 그는 운동을 잘했고 수영, 승마, 복싱 등 다양한 운동을 즐겼다. 스캔들로 영국을 떠나 다른 나라로 가야 할 만큼 바람둥이였다. 그런 바이런이 아이러니하게도 이 시에서 자신의 방탕한 삶을 그만두자고 말한다.

나의 전 공작 부인

로버트 브라우닝

페라라 공작

벽에 걸려 있는 저 그림은 내 전 공작 부인이오,
마치 그녀가 살아 있는 것 같지 않소. 난
이 그림이 대단하다고 생각합니다; 프라 팬돌프가 손으로
하루 종일 바쁘게 그렸고, 이제 그녀는 저기 서 있지요.
선생, 앉아 봐요 그리고 그녀를 쳐다봐요? 내가 말했지 않소
일부러 "프라 팬돌프"라고, 왜냐하면
당신처럼 모르는 사람들은 저기 그려진 얼굴 표정,
진심 어린 시선의 깊이와 열정을 결코 이해하지 못하지요,
그런 사람들은 내게 돌아서서 (누구도
내가 당신을 위해 연 커튼을 열지 못하고, 나만 열 수 있기에)
묻고 싶은 것처럼 보였고, 그들이 대담했다면, 어떻게 저런,
시선이 저기 있냐고 물었겠지요; 그래요, 처음은 아닙니다
당신처럼 돌아서서 그렇게 물어본 사람이. 선생, 순전히
그녀 남편인 나 때문에, 공작 부인의 뺨에 발그레한
기쁨의 홍조가 피었던 것은 아닙니다; 아마도
프라 팬돌프가 말했겠지, "그녀의 숄이
내 여인의 손목을 너무 많이 덮고 있어요," 혹은 "그림으로
그녀의 목 주위에 흐릿하며 반쯤 붉은 흔적을 재현한다는

My Last Duchess

Robert Browning (1812~1889)

FERRARA

That's my last Duchess painted on the wall,
Looking as if she were alive. I call
That piece a wonder, now; Fra Pandolf's hands
Worked busily a day, and there she stands.
Will't please you sit and look at her? I said
"Fra Pandolf" by design, for never read
Strangers like you that pictured countenance,
The depth and passion of its earnest glance,
But to myself they turned (since none puts by
The curtain I have drawn for you, but I)
And seemed as they would ask me, if they durst,
How such a glance came there; so, not the first
Are you to turn and ask thus. Sir, 'twas not
Her husband's presence only, called that spot
Of joy into the Duchess' cheek; perhaps
Fra Pandolf chanced to say, "Her mantle laps
Over my lady's wrist too much," or "Paint
Must never hope to reproduce the faint

희망은 완전히 버리세요.” 사실 이런 말은
호의로 한 건데, 그녀는 생각했고
기쁨의 홍조를 피게 하기에 충분했어요. 그녀의
심장은—어떻게 말해야 할까요?— 너무 빨리 기뻐했고,
너무 쉽게 감동 받았어요; 그녀가 본 건 무엇이건 좋아했고
그녀의 시선은 사방으로 뻗어 있었지요.
선생, 모든 게 같았어요! 그녀의 가슴에 대한 나의 찬사,
서쪽으로 지는 햇빛,
주제 파악 못 하는 어떤 멍청이가
그녀를 위해 과수원에서 꺾은 체리나무 가지, 흰 노새
그녀가 테라스 주위를 타고 다녔던—모든 게 그리고
하나하나가 승인하는 것처럼 그녀의 눈길을 끌었을 테고,
적어도, 얼굴이 붉어졌지요. 그녀는 남자들에게 감사했죠—좋아요! 그런데 어찌된 일인지—내가 어떻게 말해야 할지 모르겠소—그녀는 구-백-년의 역사를 갖고 있는 내 선물을 하찮은 사람의 선물과 같은 것처럼 서열을 매겨 감사했어요. 누가 이런 시시한 일을 꾸짖기 위해 자기 자신의 기준을 낮추겠소? 설사 당신이 언변에 능통해— 나는 아니지만—그런 것에 당신의 뜻을 분명히 전달할 수 있다고 합시다, 말하길, “당신의 이거
저거가 나를 역겹게 해; 여긴 당신이 충분히 하지 않았고,
저긴 너무 지나쳐”—그리고 설령 그녀가 순순히 나의

Half-flush that dies along her throat." Such stuff
Was courtesy, she thought, and cause enough
For calling up that spot of joy. She had
A heart—how shall I say?— too soon made glad,
Too easily impressed; she liked whate'er
She looked on, and her looks went everywhere.
Sir, 'twas all one! My favour at her breast,
The dropping of the daylight in the West,
The bough of cherries some officious fool
Broke in the orchard for her, the white mule
She rode with round the terrace—all and each
Would draw from her alike the approving speech,
Or blush, at least. She thanked men—good! but thanked
Somehow—I know not how—as if she ranked
My gift of a nine-hundred-years-old name
With anybody's gift. Who'd stoop to blame
This sort of trifling? Even had you skill
In speech—which I have not—to make your will
Quite clear to such an one, and say, "Just this
Or that in you disgusts me; here you miss,
Or there exceed the mark"—and if she let

훈계를 받아들였거나, 그녀가 또박또박 내 말에
말대꾸하지 않았어도, 더구나, 변명을 하지 않았다 해도—
이것도 기준을 낮추는 겁니다; 난 결코 기준을 낮추는 걸 선택하지
않을 거요. 아, 선생, 그녀가 웃었소, 말할 것 없이,
내가 지나갈 때면 언제나; 그런데 누가 그만큼의 웃음도 받지 않고
지나가겠소? 이게 늘어났어요; 내가 명령했지요;
그러자 모든 웃음이 멈춰 버렸습니다. 저기에 그녀가
마치 살아 있는 사람처럼 서 있네요. 선생, 일어나 보세요? 자, 우
리가 내려가면 사람들을 만나게 될 겁니다. 내가 다시 말하지만,
당신 주인인 백작의 크나큰 관대함은 알려져 있고
충분히 보장되어 있어서 결혼 지참금에 대한 나의 합당하지 않은
요구는 허용하지 않을 것입니다;
그의 사랑스러운 딸 그녀 자체가, 내가 처음부터
까놓고 이야기했던 것처럼, 내 목적입니다. 아니오, 우리
함께 나란히 내려갑시다, 선생. 바다의 신 포세이돈을 보세요,
해마를 길들이는, 흔하지 않은 생각입니다,
인스부룩 출신의 클라우스 조각가가 동으로 주조한 겁니다
나를 위해!

Herself be lessoned so, nor plainly set
Her wits to yours, forsooth, and made excuse—
E'en then would be some stooping; and I choose
Never to stoop. Oh, sir, she smiled, no doubt,
Whene'er I passed her; but who passed without
Much the same smile? This grew; I gave commands;
Then all smiles stopped together. There she stands
As if alive. Will't please you rise? We'll meet
The company below, then. I repeat,
The Count your master's known munificence
Is ample warrant that no just pretense
Of mine for dowry will be disallowed;
Though his fair daughter's self, as I avowed
At starting, is my object. Nay, we'll go
Together down, sir. Notice Neptune, though,
Taming a sea-horse, thought a rarity,
Which Claus of Innsbruck cast in bronze for me!

백작이 보낸 사신(使臣)이 결혼을 논의하기 위해 페라라 공작을 찾아왔다(공작은 왕 바로 밑에 있는 귀족으로 백작보다 지위가 높다). 공작은 자신의 거대한 집을 손님에게 구경시켜 주며 집 계단을 내려오다가 멈춰 선다. 계단 벽의 커튼을 걷으니 그 뒤에는 죽은 전처의 초상화가 걸려 있다. '이게 나의 죽은 부인입니다. 잘 그렸지요. 살아 있는 것 같지 않습니까. 내가 이 사람에 대해 말을 좀 하는 게 좋겠군요'라며 시는 시작된다.

이 시는 극적 모놀로그(dramatic monologue)를 대표하는 시다. 극적 모놀로그에서는 시 속에서 시인이 아닌 다른 사람이 말을 하고 독자가 아닌 다른 사람이 청중의 역할을 하며, 시의 이야기를 통해 어떤 상황에 있는지, 말하는 사람의 성격은 어떤지, 어떤 극적 행동을 취하는지가 드러난다. 이 시에서는 공작이 말을 하고 사신이 관객으로 듣는다. 사신은 공작에게 한 마디도 하지 않고 듣기만 하지만, 공작이 사신에게 '앉아 보세요', '일어나 보세요', '같이 내려가지요'처럼 둘 간에 적극적인 의사소통이 일어난다. 공작의 성격은 어떤지, 공작 부인의 성격은 어떤지가 나오고, 공작 부인을 어떻게 죽였는지, 공작의 다음 결혼 계획은 무엇인지가 나온다.

공작은 자신의 아내가 마음에 들지 않았다. 공작 부인의 밝은 미소도 공작은 불만이다. 자기만 쳐다보고 자기만을 위해 웃어야 하는데, 죽은 공작 부인은 그렇지 않았다.

그녀 남편인 나 때문에, 공작 부인의 뺨에 발그레한

기쁨의 홍조가 피었던 것은 아닙니다;

공작이 보기에 그녀는 공작 부인에게 걸맞는 품위를 갖추고 있지 않다.

심장은—어떻게 말해야 할까요?— 너무 빨리 기뻐했고,
너무 쉽게 감동 받았어요; 그녀가 본 건 무엇이건 좋아했고
그녀의 시선은 사방으로 뻗어 있었지요.
선생, 모든 게 같았어요! 그녀의 가슴에 대한 나의 찬사,
서쪽으로 지는 햇빛,
주제 파악 못 하는 어떤 멍청이가
그녀를 위해 과수원에서 꺾은 체리나무 가지, 흰 노새

'난 공작이고 그녀는 공작 부인 아닙니까. 어떻게 그녀가 그렇게 행동할 수 있단 말입니까?' 그런 아내의 행동 때문에 공작은 짜증나고 역겹다. '감히 우리 공작 가문을 어떻게 알고.' 공작은 그녀의 행동 하나하나가 모두 마음에 들지 않는다. 그런 그녀가 싫다.

참을 수가 없다. 잔소리를 하기도 싫고, 설령 그녀가 잔소리에 고분고분 순종한다 해도 그렇게 하기 싫다. 그러면 자신의 격이 떨어지니까. 어떻게 할까?

그녀를 살해하자.

공작이 아내를 살해했음을 알리는 극적 행동이 시 여러 곳에 암시되어 있다.

그녀의 목 주위에 흐릿하며 반쯤 붉은 흔적 /
이게 늘어났어요; 내가 명령했지요;
그러자 모든 웃음이 멈춰 버렸습니다.

공작은 무섭고 차가운 사람이다. 아내를 죽였는데도,

저기에 그녀가 마치 살아 있는 사람처럼 서 있네요.

공작은 커튼을 닫자 언제 그랬냐는 듯 아무렇지 않게 아내의 초상화에서 다음 주제로 넘어간다. 공작은 처음에는 프라 팬돌프라는 유명 화가를 언급하더니 이젠 다른 유명 조각가의 이름을 언급한다. '난 최고만 씁니다. 이 작품을 보시오. 대단하지 않소'라고 말하듯. 그가 소장한 예술품은 그에게 어떤 의미일까?

공작은 살아 있는 것처럼 잘 그린 죽은 아내의 초상화를 왜 커튼 뒤에 숨겼을까? 그에게도 불편한 진실을 숨기고 싶은 마음이 있었을까? 가려 두었다가 기분이 좋으면 커튼을 열어 초상화를 자랑한다. 게다가 커튼을 열 수 있는 권한은 그만 갖고 있다.

사신은 공작의 말을 들으며 무슨 생각을 했을까?
백작에게 돌아가서 공작에 대해 뭐라고 말을 했을까?
'공작과 만나서 얘기해 봤는데, 공작은 아주 나쁜 사람입니다. 그와 반대로 죽은 공작 부인은 좋은 분이셨어요. 부인은 밝고 남들과 잘 어울리며, 서쪽으로 지는 햇빛, 꺾은 체리나무 가지처럼 작은 것에서도 기쁨을 발견할 줄 아는 따뜻한 분이셨어요. 문제는 공작입니다. 공작이 부인을 죽인 게 분명합니다. 이 공작과 결혼은 취소하는 게 좋겠습니다, 백작님!'이라고 말을 했을까? 아니면,

'공작을 만나서 정말 좋았습니다, 공작님의 집은 얼마나 크던지요. 이건 집이 아니라 성이었습니다, 죽은 공작 부인이 문제가 많더라구요, 이 공작과 결혼을 서두르시지요, 권력을 얻을 좋은 기회를 놓치시면 안 됩니다, 백작님!'이라고 말을 했을까?

공작은 돈 많은 백작의 딸과 재혼을 하려 한다. 그냥 재혼하는 게 아니다. 공작은 자신의 가치에 합당하다고 생각하는 결혼 지참금에 대한 어떠한 요구도 '지나치게 베풀고 관대한' 백작이 들어줄 것이라 기대하고 있다. 공작은 결혼에 성공할까? 신랑은 무리한 지참금을 신부에게 요구하고, 거만하며, 성격상 하나하나 통제하기를 좋아하고, 게다가 아내마저 죽인 전력이 있는 공작이다. '이런 남자와는 결혼하지 마라'가 정답일 것 같다. 문제는 그가 공작이란 점이다! 그와 결혼하면 바로 공작 부인이 된다. 공작의 높은 지위를 생각하니 이 공작과 결혼하는 것도 나쁘지 않겠다는 생각이 들고, 그가 나이가 더 있을 테니 먼저 죽겠지 하는 생각도 들면서 공작이 무난히 결혼을 할 수 있겠다는 생각이 든다. 인생에서 성공은 중요하니까.

공작 부인은 공작에게 못마땅한 사람이고, 공작은 공작 부인에게 불편한 사람이다. 사람이 싫으면 같이 하고 싶은 게 없어진다. 처음에 좋았던 모습도 신경에 거슬린다. 방귀를 뀐 후 상대를 보

고 씨익 웃는 관계는 편한 관계다. 상대가 편하게 해 주니까. 뱃고동 소리처럼 좋게 보니 편한 관계다. 아빠, 엄마의 코고는 소리는 용서가 안 돼도, 좋으면 남편, 아내의 코 고는 소리는 용서가 된다. 싫으면 배우자의 코 고는 소리는 적극적으로 피해야 할 소음이다. 편안한 사람이 되려고 해도 편안해지지 않는 사람이 있는가 하면 상대를 편하게 해 주는 게 몸에 습관처럼 밴 사람이 있다. 그리고 어떤 사람은 주위 사람을 불편하게 하는 방법을 잘 알고 있는 듯하다.

말을 하지 않는다.
웃지 않는다.
지적질해서 '넌 이게 부족해'라는 걸 각인시켜 준다.
화를 낸다. 그것도 버럭.
꼬치꼬치 캐묻는다. 싫어해도.
원하지 않는 걸 강요한다.

공작은 상대를 불편하게 하는 방법을 잘 알고 있는 것 같다. 이 방법을 죽은 공작 부인에게 사용했을 테고 공작 부인은 그런 공작이 어려웠으리라. 그래서 공작 부인은 웃음도 마음껏 웃을 수 없었을 것이다.

부부 관계에서 남편이 아내를, 아내가 남편을 가장 놀라게 하는 영어의 다섯 단어가 뭘까? 부부가 대화하는 것을 5분만 보면 그 부부가 이혼할지 아닐지를 90%가 넘는 정확성을 가지고 예측할 수

있다는 가트만(John Gottman)에 따르면,
그 다섯 단어는 "Let's talk about our relationship
(우리 관계에 대해 얘기해 보자)"이다.
한국어로는 더 짧게 네 단어로,
"우리 얘기 좀 해."
"겁나네. 뭐지?"

공작도 처음에는 화를 억지로 누르며 죽은 공작 부인에게 "우리 얘기 좀 해"라고 했을 것이다. 시간이 지나면서 그것마저도 하지 않았을 거다. 얘기할 가치를 느끼지 못했을 때니까. 최악이다. 가트만에 따라면 이혼하는 부부는 네 가지 특징을 보이는데 그중에 가장 이혼을 잘 예측하는 나쁜 특징이 비판, 경멸, 방어도 아니고 말하면 반응이 없거나 자리에서 일어나 아무 말 없이 방으로 들어가 버리는 무반응의 피하기다. 공작이 죽은 부인에게 그렇게 했을 것이다.

자신을 계속 평가하는 사람과 같이 산다는 건 어려운 일이다. 상대의 기대를 의식하며 살아야 하고, 상대를 실망시키지 않기 위해 노력해야 하는 삶은 버겁다.

사람은 자기와 궁짝이 맞는 사람과 살아야 행복하다. 처음부터 궁짝이 잘 맞는 사람도 있지만 행복한 커플은 시간이 지날수록 없던 궁짝도 만들어 내며 서로가 서로의 공통 분모를 키워 간다. 불행한 커플은 차이점을 강조하고, 행복한 커플은 공통점을 강조한다. 행복한 커플이 처음이 달랐을지라도 지금은 다르지 않다면, 불행한 커플은 처음이 같았을지라도 지금은 다르다.

내가 어떤 사람에게 편안한 사람이 된다는 것이 무엇일까?

"그는 내가 무슨 얘기를 해도 귀담아 들어 주고 내 얘기에 공감해 주는 사람이야."

그렇다. 편안한 사람은 공감해 주는 사람이다.

"내가 끙끙 앓고 있던 얘기를 털어놓았는데 당신은 나의 마음을 이해하는군요."

"나 혼자라고 생각했는데, 나와 공감해 줘서 고마워요."

편안한 관계는 표현하게 한다. 편안한 관계에서는, 내 행동이나 말을 조심스럽게 모니터하지 않는다. 불편한 관계는 행동이나 말을 제한한다. 이 말을 하면 그가 화를 내겠지, 이렇게 하면 그가 좋아하겠지, 생각하며 자신의 행동이나 말에 신경을 쓰고 조절해야 한다.

편안함은 사람 사이에 오가는 포근함, 훈훈함, 따뜻함이다.
편안함은 안전함에서 온다. 다가가고 싶다.
불편함은 (작건 크건) 고통에서 온다. 피하고 싶다.
편안한 사람은 "안전해, 이리 와"라는 파란불이 켜져 있고
불편한 사람은 "위험해, 저리 가"라는 빨간불이 켜져 있다.
편안한 사람은 마음이 열려 있고 배려와 참을성이 있으며 시간이 더 걸려도 함께 간다.

"남에게 대접을 받고 싶은 대로 남을 대접하라"는 황금률이 있지만, "남이 나를 이렇게 대접해 주었으면 하는 방식대로 남을 대접하지 마라. 사람들의 취향은 같지 않을 수 있으니까(Do not do unto others as you would expect they should do unto you. Their tastes may not be the same)"라고 조지 버나드 쇼는 말한다. 내가 좋아한다고 남에게 강요하지 말자. 특히 계속해서. 그러면 불편한 사람이 된다.

좋은 밤으로 고분고분 들어가지 마세요

딜런 토마스

좋은 밤으로 고분고분 들어가지 마세요,
늙은 사람은 하루가 저무는 것을 보고 격분하며 싸워요;
분노하세요, 죽어 가는 빛에 분노하세요.

현명한 사람은 인생의 끝이 어둠이라는 걸 알지만,
그의 말이 번개를 바꿀 수 없었기에 그는
좋은 밤으로 고분고분 들어가지 않아요.

선한 사람은, 마지막 파도가 몰아칠 때, 그의 약한 행동이
녹색의 만이라면 얼마나 밝게 춤을 추었을까 울부짖어요,
분노하세요, 죽어 가는 빛에 분노하세요.

거친 사람은 태양에 매혹되어 노래하며 비상(飛上)했지만,
알았을 때는, 너무 늦었고, 인생은 슬펐기에,
좋은 밤으로 고분고분 들어가지 않아요.

심각한 사람은, 죽음에 임박해, 먼눈으로 보고
눈먼 눈은 유성처럼 빛을 발하며 이글거리고 기뻐해요,
분노하세요, 죽어 가는 빛에 분노하세요.

Do Not Go Gentle into That Good Night

Dylan Thomas (1914~1953)

Do not go gentle into that good night,
Old age should burn and rave at close of day;
Rage, rage against the dying of the light.

Though wise men at their end know dark is right,
Because their words had forked no lightning they
Do not go gentle into that good night.

Good men, the last wave by, crying how bright
Their frail deeds might have danced in a green bay,
Rage, rage against the dying of the light.

Wild men who caught and sang the sun in flight,
And learn, too late, they grieved it on its way,
Do not go gentle into that good night.

Grave men, near death, who see with blinding sight
Blind eyes could blaze like meteors and be gay,
Rage, rage against the dying of the light.

그리고 아버지, 슬픈 벼랑 위에 있으신, 나의 아버지,
당신의 격분한 눈물로 저를 지금 저주, 축복하세요, 제발.
좋은 밤으로 고분고분 들어가지 마세요.
분노하세요, 죽어 가는 빛에 대해 분노하세요.

And you, my father, there on the sad height,

Curse, bless, me now with your fierce tears, I pray.

Do not go gentle into that good night.

Rage, rage against the dying of the light.[1]

---

1) 이 책에 실린 딜런 토마스의 두 편의 시는 저작권자인 David Higham Associates로부터 허락을 받고 사용하였다.

토마스가 죽어 가는 자신의 아버지를 위해 쓴 시다.

토마스의 아버지(1876~1952)는 긴 시간을 병으로 누워 있었는데 암으로 시작해 나중에는 눈이 멀게 된다. 이 시를 쓸 때인 1947년, 그의 아버지는 갑작스럽게 병이 더 악화되고 시력을 잃어 가고 있었다. 토마스는 나왔던 배도 쑥 들어가고 핼쑥해진 채로 병상에 누워 있는 아버지를 보며 죽음과 맞서 싸우라고 애원한다.

시 제목부터 역설적이다.

밤은 죽음을 의미하는데 죽음을 무서운 밤(scary night)이라고 하지 않고 좋은 밤(good night)이라 했다. 죽음이 좋은 밤이다!

어떤 때는 죽음이 매혹적인 유혹 덩어리다. 죽음이 손짓한다. 자기에게 어서 오라고. 여기 오면 모든 고통이 끝난다고. 달콤한 도피처라고. '잘 때가 제일 행복하지? 내가 도와줄게. 이제 자자.'

토마스는 자기 아버지가 그러길 원치 않는다. 토마스가 아버지에게 이렇게 말하는 것 같다. '어떤 사람은 말하죠. 죽음은 쉽고, 빠르고, 편안한 탈출구라고. 다 새빨간 거짓말이에요. 무조건 더 오래 사세요. "많은 사람은 너무 늦게 죽고, 일부는 너무 일찍 죽는다. 제때 죽어라!"라고 니체가 말하지만 그거 틀렸어요. 55살에 죽은 니체도 더 오래 살고 싶지 않았을까요? 점잖은 신사처럼 고분고분하게 죽음을 받아들이지 마세요.'

아버지! 오늘 아버지에게 죽음에 분노하는 네 가지 유형의 사람에 대해 말해 드릴게요. 현명한 사람, 선한 사람, 거친 사람, 심각한 사람.

현명한 사람은, 인생 끝의 죽음은 피할 수 없다는 것을 잘 알고 있어요. 전투에서 질 줄 알면서도 죽는 그 순간까지 포기하지 않고 싸우는 영웅처럼 현명한 사람은 죽음을 고분고분 받아들이지 않아요. “건강이 있는 사람은 희망이 있지만, 희망이 있는 사람은 모든 것이 있다(He who has health, has hope; and he who has hope, has everything.)”는 토마스 칼라힐의 말처럼 희망을 가지세요. 현명한 사람은 그렇게 말할 겁니다. ‘내가 사람들에게 많은 말과 제안을 했습니다. 세상이 바뀌었냐고요? 아니요. 변하지 않았어요. 나의 말이 사람들을 깨우칠 것이라 기대했지만 내가 아무리 현명한 말을 한들 번개를 갈라놓지는 않잖아요. 내 말로 사회나 사람들을 변화시킬 수 없었어요. 내 말은 거절되고 사람들에게 전달되지 않았어요. 사람들은 나를 잘못 이해하기도 했고 내 말은 소 귀에 경 읽기이기도 했습니다. 나의 노력이 부질 없음에 절망하고 진정할 수 없어요. 내 일은 성공하지 않았고 내 일은 끝나지 않았어요. 현명한 사람은 고분고분하게 죽음의 세계로 들어가지 않아요.’

선한 사람은 선한 행위를 합니다.

셰익스피어의 희곡 《줄리어스 시저》에서 브루터스가 이렇게 연설을 해요. 내가 시저를 죽인 것은 시저를 덜 사랑해서가 아니라 로마를 더 사랑했기 때문입니다. 시저가 황제가 되려는 야망이 있어서 내가 여러분을 위해 죽였습니다. 안토니는 이를 반박하며 연설합니다. 시저가 여러분을 위해 했던 선한 행동을 다 잊으셨습니까? “악한 행위는 악인이 죽은 후에도 살아남지만, 선한 행위는 의

인의 죽음과 함께 묻힙니다(The evil that men do lives after them; The good is oft interred with their bones).” 선한 행위는 힘이 없고 부서지기 쉬워요. 지속되기 어렵지요. 잊히기 쉬워요.

녹색의 만(灣, green bay)은 녹색의 비옥한 땅이라고 하겠습니다. 선한 사람의 좋은 의도를 가졌으나 힘 없는 행위가 비옥한 땅에 떨어졌다면, 뿌리를 잘 내리고 더 좋은 결실을 맺었을 텐데 안타깝습니다. 선한 행위가 녹색의 만에서 밝게 춤을 추었다면 얼마나 좋았을까, 내가 좀 더 밀어붙였다면 어땠을까. 현실은 그러지 못했고 선한 사람의 선한 행위는 빛을 발하지 못했어요. 선한 사람은 죽음에 분노합니다.

거칠고 야성적인 사람은 어떠냐고요?

거칠고 야성적인 사람은 젊었을 때 신나게 살았어요. 흥이 넘치고 즐거웠어요. 문득 마음껏 하늘을 높이 날다가 떨어져 죽은 이카로스가 생각납니다. 그리스 신화에서 다이달로스가 깃털과 밀랍으로 날개를 만들어 아들 이카로스에게 주며 경고하잖아요. 이 날개로 날 때 태양 가까이 너무 높게 날지도 말고, 바다 가까이 너무 낮게 날지도 말라고. 너무 높게 날면 태양이 날개의 밀랍을 녹여 버리고 너무 낮게 날면 바다의 물기로 젖은 깃털이 무거워져 추락한다고. 이카로스는 아버지의 경고를 무시한 채 마음껏 하늘 높이 날다가 바다에 떨어져 죽잖아요. 거친 사람은 젊었을 때 마음껏 누렸던 즐거움이 오래갈 줄 알았어요. 그런데 휙 지나갔어요. 인생을 기뻐하고 즐기는 동안, 정작 인생이 무엇이고, 어떻게 살아야 하는지 배우지 못했어요. 늦게야 인생에 대해 깨닫고 슬퍼합니다. 거친 사람은 고분고분하게 죽음의 세계로 들어가지 않아요.

심각한 사람은 이제서야 인생의 진실을 제대로 보게 되었어요. 먼눈으로 보고, 네, 심각한 사람이 그랬어요. 눈은 있지만 세상을, 진실을 보지 못했어요.

죽음에 다다라서, 진실의 빛이 너무 밝아 멀어 버린 눈으로 갑작스럽게 깨달음을 얻습니다. '너무 심각할 필요 없었는데, 행복하게 살 수 있었는데'라고. 유성처럼 빛나는 진실을 보며 기쁘니, 심각한 사람은 죽어 가는 빛에 분노합니다.

이 네 유형의 사람들이 죽음이 가까워져서야 인생에 대해 깨닫지만(현명한 사람 at their end, 선한 사람 the last wave by, 거친 사람 too late, 심각한 사람 near death) 모두 안타깝게 한소리로 말해요. 죽음을 고분고분하게 받아들이지 않아요.

아버지, 지금 깎아지른 듯한 슬픈 죽음의 벼랑에 서 계세요. 그런데 이상하게 편안해 보여요. 죽음을 고분고분 받아들이는 사람처럼요. 안 돼요. 죽음에 눈물로 격분하며 저를 지금 저주하거나 축복해 주세요. 이렇게 빌게요.

죽음은 얼굴 보고 얘기하고 만질 수 있는 사람을 기억 속의 사람으로 떼어 놓는다. 이승과 저승 사이에 경계선이 생긴다. 이런 경계선이 시인은 싫다. 죽어 가는 아버지가 점잖은 신사처럼 떠날 준비를 하고 있는 것이 괴롭다. “좋은 밤으로 고분고분 들어가지 마세요”라고 아버지에게 절규한다.

나의 기교인지 뿌루퉁한 예술인지

딜런 토마스

나의 기교인지 뿌루퉁한 예술인지를
정적이 흐르는 밤에 연습한다
달만 격노하고
연인들은 침대에 누워
그들의 팔에 모든 애끓는 슬픔이 묻어 있을 때,
나는 노래하는 등잔불 옆에서
야망이나 빵을 위해서가 아니라
그럴듯한 상아의 무대 위에서
뽐내거나 매력을 발산하기 위해서가 아니라
보통의 급여를 받는 사람들을 위해
그들의 아주 깊게 숨겨진 마음에 대해 노역(勞役)한다.

격노한 달과 거리가 먼 거만한
사람을 위해서가 아니라 나는
물보라 종이 위에 쓴다
나이팅게일과 시편을 쓴 시인처럼
죽은 위대한 시인이 되려는 것이 아니라
연인들, 그들의 팔에
오랜 시간 애끓는 슬픔이 있고,
값이나 칭찬도 지불하지 않고
나의 기교인지 예술인지에 귀 기울이지 않는 그들을 위해.

In My Craft or Sullen Art

Dylan Thomas (1914~1953)

In my craft or sullen art
Exercised in the still night
When only the moon rages
And the lovers lie abed
With all their griefs in their arms,
I labour by singing light
Not for ambition or bread
Or the strut and trade of charms
On the ivory stages
But for the common wages
Of their most secret heart.

Not for the proud man apart
From the raging moon I write
On these spindrift pages
Nor for the towering dead
With their nightingales and psalms
But for the lovers, their arms
Round the griefs of the ages,
Who pay no praise or wages
Nor heed my craft or art.

시는 기교일까, 아니면 분개하며 뿌루퉁해 있는 예술일까?

그림을 그리려면 물감을 섞어 원하는 색을 만들어 내는 법을 알아야 하듯 시도 기교나 기술이 필요하다. 시는 화도 내 보고, 달래도 보고, 설득도 해야 겨우 움직이는 고집쟁이 아이와의 힘겨운 싸움처럼 기술 이상을 요구한다.

달은 원래 조용히 침묵하며 빛을 비춘다. 당연히 달은 격노하지 않는다. 그런데 그런 달만 격노하는, 더할 수 없이 조용한 밤에 나는 시를 쓴다. 내가 시를 쓰고 있는 방에 연인들이 침대에 누워 있다. 연인들은 시인인 나를 전혀 의식하지 않지만, 난 연인의 존재를 아주 민감하게 의식하고 있다. 연인들의 팔베개에는 사랑의 슬픔이 묻어 있다. 사랑하는 사람이 내 슬픔의 원천이기도 하니까. 사랑하기에 남이 줄 수 없는 상처를 그는 나에게 줄 수 있고 그가 화를 내면 나는 안절부절못하고 그가 나를 더 이상 사랑하지 않는다고 말하거나 나를 떠나겠다고 말하면 나는 슬픔에 잠긴다.

시인인 나의 머릿속에는 시의 이미지가 음악처럼 춤을 추고, 연료를 태우며 흔들리는 등잔불은 나에게 시적 영감을 준다. 시를 쓴다는 건 힘든 노동이다.

나는 왜 시를 쓸까?

야망을 성취한다거나 돈을 벌기 위해서? 아니다. 시를 써서 남들에게 내가 언어의 유희를 얼마나 잘 쓰는지, 내가 얼마나 재주가 있는지를 뽐내거나, 쓴 시를 학계, 극장과 같은 그럴싸한 무대나,

신문, 책과 같은 종이에 올려 사람들의 갈채나 영광을 받으려는 것도 아니다. 내가 시를 쓰는 이유는 왕이나 공주가 아닌 보통의 급여를 받는 아주 평범한 사람들을 위해, 그들의 아주 깊게 숨겨진 마음을 담기 위해 시를 쓴다.

거만한 사람은 모른다. 격노하는 달에서 영감을 얻는다는 걸. 달이 조용하면 거기에는 특별한 것이 없다. 사람들도 이미 그 사실을 알고 있으니까. 그런데 달이 격노하면 그건 정말 모든 것이 조용한 밤을 강조하는 것이다. 거만한 사람은 '뭐? 달이 격노해? Oh No! 달은 조용해!'라고 말할지 모른다. 그러면 미묘한 아이디어를 놓치게 된다. 거만한 사람은 시의 의미를 이해하는 것과 거리가 멀지만, 겸손한 사람은 거만하지 않기에 시에 다가가 '맞아, 달은 조용해! 맞아, 달이 격노해!'라고 시를 이해한다. 시를 쓰는 작업은 침묵의 과정이다. 침묵하고 있는 달처럼. 시인은 겉으로는 책상 앞에서 꿈적이지 않고 침묵하며 조용히 앉아 있는 것처럼 보이지만 그의 머릿속은 정확한 단어를 찾지 못하고 좌절하며 격노하는 달과 같이 바쁘게 움직인다. 거만한 사람은 격노하지도 않고 시도 이해를 하지 못한다. 시인인 나는 격노하는 달을 이해 못 하는 거만한 사람을 위해 시를 쓰지 않는다.

나는 물보라 종이 위에 시를 쓴다. 내가 쓴 시는 바다의 물보라처럼 거품같이 사라지는 쓸모없는 시, 썼지만 표현하고 싶은 것을 제대로 표현하지 못한 시, 그저 못쓴 시. 그러다 아주 가끔은 내 생각과 감정을 제대로 잡아 내는 괜찮은 시도 나온다. 나는 〈나이팅게일에게 부치는 시〉를 쓴 존 키츠나 〈시편〉을 쓴 다윗과 같은 유명 시인들의 반열에 내 이름을 올리고 싶어서 시를 쓰지 않는다.

나는 연인들을 위해, 오랫동안 깊은 슬픔을 겪은 그들을 위해 시를 쓴다. 그들이 내 시를 칭찬하거나 돈을 주거나, 나의 기교인지, 예술인지 하는 시에 귀 기울이지 않아도, 나는 그들을 위해 시를 쓴다.

율리시스

알프레드 테니슨

한가한 왕이 별 쓸모없이,

열정 없는 벽난로 앞에, 척박한 바위 절벽에 둘러싸여,

늙은 아내와 짝지어 있다, 나는 만들고 집행한다

부당한 법을 미개한 민족에게,

그들은 쌓아 두고, 자고, 먹으며, 나를 알지 못한다.

나는 여행을 다녀와서 쉴 수 없다: 나는 다 마셔 버리겠다

마지막 남은 인생의 한 방울까지: 항시 나는 즐거웠고

대단히, 큰 고난을 겪었으며, 나를

사랑했던 사람들과, 그리고 혼자서, 해변에서,

폭풍과 파도가 휘몰아치고 히아데스성단(星團)이 난폭한

바다의 심사를 건드렸을 때: 나는 어떤 이름이 되었다;

굶주린 영혼으로 항시 정처없이 떠돌며

나는 많은 것을 보았고 알게 되었다; 사람과

풍습, 기후, 의회, 정부가 다른 다양한 도시에서,

나는 하찮은 존재가 아니었고, 모두가 나에게 경의를 표했다;

그리고 동료들과 전쟁의 기쁨에 취했던, 멀리 떨어진,

철과 철이 부딪치는 바람 부는 트로이의 들판에서.

내가 만난 모든 것은 나의 일부다;

Ulysses

Alfred Tennyson (1809~1892)

It little profits that an idle king,

By this still hearth, among these barren crags,

Match'd with an aged wife, I mete and dole

Unequal laws unto a savage race,

That hoard, and sleep, and feed, and know not me.

I cannot rest from travel: I will drink

Life to the lees: All times I have enjoy'd

Greatly, have suffer'd greatly, both with those

That loved me, and alone, on shore, and when

Thro' scudding drifts the rainy Hyades

Vext the dim sea: I am become a name;

For always roaming with a hungry heart

Much have I seen and known; cities of men

And manners, climates, councils, governments,

Myself not least, but honour'd of them all;

And drunk delight of battle with my peers,

Far on the ringing plains of windy Troy.

I am a part of all that I have met;

하지만 모든 경험은 일련의 아치구조로
여행해 보지 않은 세상을 반사하며 환한 빛으로 손짓하고
경계는 내가 움직일 때 끝없이 끝없이 아득해진다.
멈춘다니, 시도하는 걸 그만둔다니, 광내지 않아 녹슨다니,
사용하지 않아 빛이 나지 않는다니, 이 얼마나 지루한가!
숨 쉬는 게 삶이라구! 인생 위에 쌓이고 쌓인 인생
모두가 너무 의미가 없었고, 나에게
남은 건 거의 없다: 하지만 매 시간을
영원한 침묵으로부터 절약해서, 어떤,
새로운 것들을 더 가져오자; 참을 수 없는 건
삼 년 동안 내 자신을 저장하고 쌓아 두었다는 것,
허옇게 새어 버린 정신은 여전히 갈망하기를
가라앉는 별처럼 지식을 추구한다,
인간 사고의 가장 높은 경계 너머.

여기 내 아들, 내 자식 텔레마커스가 있다,
그에게 나는 왕의 지팡이와 이 섬을 넘긴다,—
내가 많이 사랑하고, 이 노동을 판별력 있게
수행해 내고, 다루기 힘든 국민을 사려 깊고 천천히
온순하게 만들고, 그리고 온화하게 그들을 순응시켜
유용하고 좋은 사람으로 바꾸어 놓을 사람이다.

Yet all experience is an arch wherethro'
Gleams that untravell'd world whose margin fades
For ever and forever when I move.
How dull it is to pause, to make an end,
To rust unburnish'd, not to shine in use!
As tho' to breathe were life! Life piled on life
Were all too little, and of one to me
Little remains: but every hour is saved
From that eternal silence, something more,
A bringer of new things; and vile it were
For some three suns to store and hoard myself,
And this gray spirit yearning in desire
To follow knowledge like a sinking star,
Beyond the utmost bound of human thought.

This is my son, mine own Telemachus,
To whom I leave the sceptre and the isle,—
Well-loved of me, discerning to fulfil
This labour, by slow prudence to make mild
A rugged people, and thro' soft degrees
Subdue them to the useful and the good.

그는 흠이 없으며, 일상적 의무를 책임지는
중심에 있으며, 관대한 정부에서
실수를 하지 않을 만큼 품위가 있고
나의 집에 있는 신들에게 걸맞는 숭배를 하고,
내가 떠났을 때. 그는 그의 일을 하고, 나는 나의 일을 한다.

저기 항구가 있다; 돛이 바람을 잔뜩 머금고 있구나:
어둡고 광활한 바다는 침침하구나. 나의 선원들,
고통, 일, 생각을 함께했던 영혼들—
언제나 기쁜 마음으로
천둥과 햇빛을 겪었고, 반대했지
자유로운 영혼, 자유로운 용기로—당신과 나는 이제 늙었다;
늙은 사람도 여전히 존경받을 수 있고 할 일이 있다;

Most blameless is he, centred in the sphere
Of common duties, decent not to fail
In offices of tenderness, and pay
Meet adoration to my household gods,
When I am gone. He works his work, I mine.

There lies the port; the vessel puffs her sail:
There gloom the dark, broad seas. My mariners,
Souls that have toil'd, and wrought, and thought with me—
That ever with a frolic welcome took
The thunder and the sunshine, and opposed
Free hearts, free foreheads—you and I are old;
Old age hath yet his honour and his toil;

죽음은 모든 걸 닫는다: 하지만 끝이 오기 전까지는 어떤 것,
고상한 어떤 일, 여전히,
신들과 겨루었던 사람에게 어울리는 일을 할 수 있을 것이다.
빛이 바위에서 반짝이기 시작한다:
길었던 날이 저문다: 달이 천천히 솟아오르고 있다: 바다가
여러 소리를 내며 신음한다. 이리 와, 나의 친구들아,
좀 더 새로운 세상을 탐색하기에 너무 늦지 않았어.
밀어, 그리고 순서대로 잘 앉아 힘껏 쳐내
소리 나게 물을 밀어내 보자구; 내 목적은
해가 지는 걸 넘어서, 서쪽의 모든 별들이
가라앉는 데까지 항해를 하는 거야, 내가 죽을 때까지.
파도가 우리를 삼켜 버릴 수 있고:
우리는 행복한 섬들에 다다를 수 있고,
우리가 알고 있는, 위대한 아킬레스를 만날 수도 있어.
많은 것을 가져갔지만, 많은 것이 남아 있고;
이제 우리에게 예전에 하늘과 땅을 움직였던 힘은
남아 있지 않지만, 우리는, 우리야;
하나의 같은 성향을 가진 영웅의 마음을,
시간과 운명이 약하게 만들었어도, 강한 의지로
싸우고, 탐색하고, 찾으며, 굴복하지 않을 거야.

Death closes all: but something ere the end,
Some work of noble note, may yet be done,
Not unbecoming men that strove with Gods.
The lights begin to twinkle from the rocks:
The long day wanes: the slow moon climbs: the deep
Moans round with many voices. Come, my friends,
'T is not too late to seek a newer world.
Push off, and sitting well in order smite
The sounding furrows; for my purpose holds
To sail beyond the sunset, and the baths
Of all the western stars, until I die.
It may be that the gulfs will wash us down:
It may be we shall touch the Happy Isles,
And see the great Achilles, whom we knew.
Tho' much is taken, much abides; and tho'
We are not now that strength which in old days
Moved earth and heaven, that which we are, we are;
One equal temper of heroic hearts,
Made weak by time and fate, but strong in will
To strive, to seek, to find, and not to yield.

율리시스(그리스 이름 오디세우스)가 긴 여행을 마치고 고향에 돌아왔다. 그는 트로이아 전쟁에서 10년을 보냈고, 고향으로 돌아오기 위한 항해에서 10년을 더 보낸 후에야 가족과 상봉한다. 아내 페넬로페는 20년을 옆도 보지 않고 그만을 생각하며 기다렸다. 그런데 집에 돌아온 율리시스가 행복하지 않다. 율리시스는 시에서 아내의 이름조차 언급하지 않는다. 그녀는 그저 그와 짝짓고 있는 늙은 아내다.

열정이 없는 벽난로 앞에서, 척박한 바위 절벽에 둘러싸여,
늙은 아내와 짝지어 있다

율리시즈는 파란만장했던 자신의 과거를 회상한다. '아~ 내가 그때 젊고 강했지, 전장에서 검을 들고 싸우기도 했고, 거친 바다에서 항해도 했지. 얼마나 내가 대단한 일을 많이 했나. 참 즐거웠던 순간들.' 율리시스는 그런 회상을 하며 다시 떠나고 싶다. 새로운 일을 하고 싶다.

율리시스는 나이 들고 늙었지만 그의 탐험은 계속된다. 그의 동료들과 함께.

싸우고, 탐색하고, 찾으며, 굴복하지 않을 거야.

테니슨은 이 시를 몇 살 때 썼을까? 젊어서, 아니면 나이 들어? 놀랍게도 이 시는 그가 스물네 살이었던 1833년에 썼다. 절친인 헬램을 잃고 테니슨이 절망 속에 있을 때 쓴 시다. 젊은 나이에 이

런 시를 쓸 수 있다니 그저 경이롭지만 과연 그가 칠십이 넘어서 이 시를 쓴다면, 아들에게 나라를 맡기고 가족을 떠나 다시 여행을 하겠다는 이런 시를 쓸까 의문이 든다. 나이 들어 시를 쓴다면 거기에는 꿈에도 잊지 못하는 고향과 가족에 대한 감사가 들어가 있지 않을까 싶다.

율리시스가 그랬듯, 인생에 어떤 갈증이 생기면 이 갈증은 누구와 있어도 잘 해소되지 않는다. 지위도, 남들이 선망하는 직업도 어떤 사람에게는 의미가 없다. 본인이 싫으면 좋은 지위나 직업이 남에게는 튼튼해 갑옷으로 보이지만, 자신에게는 벗어 버리고 싶은 무거운 갑옷이다.

'벗어나고 싶다, 가벼워지고 싶다, 자유로워지고 싶다'는 욕망이 일어나면 걷잡기 힘들다. '그래, 우리 같이 벗어나자. 우리 같이 자유로워지자'고 뜻을 같이하는 사람이 있으면 얼씨구지만, 관계에 있는 사람 중 한 사람만 이런 욕망이 일어나면 상대방은 막막하다. '혼자 여행을 떠난다고? 그럼 난.'

율리시스는 나이 들고 집에 돌아와 쉬고 있는 동료들에게 여행을 같이 가자고 꼬신다. 교사한다.

이리 와, 나의 친구들아,
좀 더 새로운 세상을 탐색하기에 너무 늦지 않았어.

테니슨은 호머의 《일리아드》와 《오디세이》를 알고 있었고 단테의 《신곡》도 알았다. 그 바탕 위에 이 시를 썼다.

단테의 《신곡》 지옥편에서 지옥에 들어가는 문 위에 이런 글귀가 새겨 있다고 한다.

"여기에 들어가는 사람은 모든 희망을 버려라

(ABANDON ALL HOPE YE WHO ENTER HERE)."

희망이 없는 세상 = 지옥

지옥의 가장 밑에 층인 9층(배신)에는 사람이 뜨거운 지옥의 불덩이가 아니라 차가운 얼음에 갇혀서 고통 받고 있다. 아내와 아들, 늙은 아버지에 소홀하고, 계속 항해하기를 좋아하는 율리시스를, 단테는 지옥 중에서도 밑에서 두 번째인 활활 타오르는 8층(교사) 지옥에 두었다. 탐험심 많고 지치지 않는 율리시스는 지옥에 살고 있다.

적이 하나도 없다

찰스 멕케이

당신이 적(敵)이 없다고 했지?

아! 내 친구, 자랑하다니 안타까워;

다툼에 얽히고

옳게 하려 하면, 용감한 사람은,

적을 만들게 돼! 당신이 적이 하나도 없다면,

하찮은 일을 당신은 한 거야.

당신은 배반자의 엉덩이를 걷어차지도 않았고,

당신은 사기 친 사람의 손에 든 잔을 쳐내지도 않았고,

당신은 잘못된 것을 바로잡지도 않았으며,

당신은 싸움에서 그저 겁쟁이였던 거야.

No Enemies

Charles Mackay (1814~1889)

YOU have no enemies, you say?
  Alas! my friend, the boast is poor;
He who has mingled in the fray
  Of duty, that the brave endure,
Must have made foes! If you have none,
Small is the work that you have done.
You've hit no traitor on the hip,
You've dashed no cup from perjured lip,
You've never turned the wrong to right,
You've been a coward in the fight.

〈적이 하나도 없다〉는 시가 심장을 쿵쿵 뛰게 해서 골랐다기보다 살면서 적을 만들어야 하는지 의문이 들어 골랐다.

적이 없다구? 그럼 당신은 작은 일을 한 거야.

당신은 배반자와 정면으로 부딪쳐 그를 수치심에 떨게 하지도 않았고, 당신은 사기 친 사람이 건배의 잔을 들어 승리를 자축할 때 그의 손에 든 잔을 쳐낸 것도 아니고, 당신은 잘못된 것을 바로 잡은 것도 아니잖아. 당신에게 적이 없는 건 당신이 겁쟁이였던 거야.

살다 보면 예기치 않은 의견 충돌이 생기고 어떤 때는
내 의견을 관철하려다가 친구가 적이 되기도 한다.

다투지 마.

인생을 살면서 어디에 있거나 누구와도 적을 만들지 않는 게 중요해. 친구는 도움을 주지 않을 수 있어도, 적은 너에게 해를 끼칠 수 있으니까. 그리고 모난 돌이 정 맞잖아.

아니야, 적을 만들 수밖에 없을 때가 있어.

누가 적을 원해. 실수로 그런 것도 아니고 작심(作心)하고 한 건데. 틀린 건 바로 잡아야지, 적을 만든다 해도.

참아. 네 뜻대로 해야겠어?

그래서 네가 받은 만큼 상처를 돌려줘야겠어? 돌아올 수 없는 강을 건너면 다시 못 돌아가. 상대방이 선을 넘었다고 너도 넘을 거야? 적보다는 친구로 남는 게 좋잖아.

아니야, 큰일을 하려면 적을 만드는 걸 피할 수 없어.

난 겁쟁이로 살았다구. 남의 눈치만 보며 참고 조용히 살았다구. 용서하라구? 넘어가라구? 아니, 본때를 보여 줄 거야. 얼마나 힘들었는지 아니, 내가. 말하지 않고 속으로 꾹꾹 참으면서. 이제 맞닥트릴 용기가 생겼어. 적이 되어도 좋아.

찰스 멕케이는 시인보다는 시사 평론가로 더 알려져 있다.

군중심리학을 다룬 《엄청나게 인기 있는 망상과 군중의 광기, Extraordinary Popular Delusions and the Madness of Crowds, 1841》는 지금도 많은 사람에게 읽힌다.

튤립 한 송이 가격은 얼마면 좋을까? 천만 원? 일억?

이게 사실이면 말도 안 되게 비싼 가격이다. 오천 원이겠지. 그런데, 희귀한 튤립 한 송이의 가격이 땅 15,000평(12에이커) 정도의 가격을 할 때가 있었다. 멕케이의 책에서 튤립에 대한 광적 집착을 다룬 장(章)은 이렇게 시작한다.

"튤립은 터번을 의미하는 터키어에서 유래되었으며 16세기 중반에 서유럽에 소개되었다."

튤립 꽃이 처음 소개되었을 때, 꽃이 너무 신기하고 아름다워 상류 부유층 사람들은 앞다투어 튤립을 수집하기 시작했고 튤립이 없는 사람은 부의 상징이 없는 졸부로 여겼다. 튤립을 사랑하는 광풍은 사람들 사이에서 점점 퍼져 나갔으며 이 현상은 네덜란드에서 특히 심했다. 튤립 가격은 하늘 끝 모르고 치솟았고, 결국 튤립 가격 거품이 꺼지면서 가격이 폭락했다. 이게 네덜란드에서 17세기에 일어난 튤립 파동이고, 이것을 책으로 세상에 알린 사람이 멕케이다.

적이 없는 삶은 정말 별 볼 일 없는 삶인가? 큰일을 한 사람은 적이 많은 게 당연한가? 내가 맞고 다른 사람은 틀리다는 판단은 누가 하나? 내가 틀렸고 다른 사람이 맞다면?

멕케이는 이 시를 통해 무슨 말을 하고 싶었을까?

우리가 가면을 쓰고 있다

폴 로렌스 던바

우리가 웃음과 거짓의 가면을 쓰고 있다
가면은 우리의 볼을 가리고 우리의 눈을 가린다,—
우리가 인간의 교활한 속임에 지불하는 이 빚;
마음은 찢어지고 피 흘리지만 우리는 웃고,
셀 수 없이 많은 미묘함으로 빈말을 한다.

왜 세상이 우리의 모든 눈물과 한숨을 하나하나,
셀 만큼 지나치게 현명해야 합니까?
아닙니다, 그들이 우리를 보게 하세요, 오직
우리가 가면을 쓰고 있는 동안만.

우리가 웃지만, 그러나, 오 위대한 주님, 고통받는
영혼이 당신에게 큰 소리로 부르짖습니다.
우리가 노래하지만, 그러나 오 우리 발밑의 흙은
척박하고, 갈 길은 멉니다;
그러나 세상이 다른 꿈을 꾸게 하소서,
우리가 가면을 쓰고 있습니다!

We Wear the Mask

Paul Laurence Dunbar

We wear the mask that grins and lies
It hides our cheeks and shades our eyes,—
This debt we pay to human guile;
With torn and bleeding hearts we smile,
And mouth with myriad subtleties.

Why should the world be over-wise,
In counting all our tears and sighs?
Nay, let them only see us, while
    We wear the mask.

We smile, but, O great Christ, our cries
To thee from tortured souls arise.
We sing, but oh the clay is vile
Beneath our feet, and long the mile;
But let the world dream otherwise,
    We wear the mask!

우리는 가면을 쓰고 있다.
나도 가면을 쓰고 있다.
의식하지 못했는데….
얼굴을 만져 보니 내 얼굴이 아니다. 가면이다!
주위를 둘러보았다.
아! 주위의 사람들도 가면을 쓰고 있다.
자리를 옮겼다.
마찬가지다. 온통 가면 쓴 사람들뿐이다.
나는 오늘 무엇을 위해 내가 아닌 나를 표현하며 다녔나?
쉬고 싶다. 가면을 벗고.
집이다.
어! 가면이 벗겨지지 않는다.
가면이 내 얼굴에 붙어 있다.
난 가면을 쓰고 있다.
집에서도.

속은 울고 있는데 겉으로는 웃어야 한다면?
행복 가면만 써야 한다면?
우는 건 허용되지 않으니까.
불평하는 건 허용되지 않으니까. 그저 좋은 말 하고 칭찬하고 존경을 표시하는 것만 허용되니까.
어디서 감히 슬픔을 표현해.
어디서 감히 불평등한 삶을 사는 사람처럼 한숨을 쉬어.
인간 이하의 노예인 너를 거두어 먹이고 재우는데.

이 시를 쓴 던바는 미국 흑인 시인이고, 이 시는 1895년에 쓰였다. 시를 통해 그는 흑인들(we)이 처한 상황에 대해 항의하지만 가면을 쓰고 있는 사람은 흑인만은 아니리라. 사회는 우리에게 어떤 표정 관리를 하라고 요구하고, 우리도 가면을 쓰고 있으니까.

어떤 사람은 남의 눈치나 주변에서 무엇을 요구하는지에 민감하고, 어떤 사람은 남이 뭐라고 하건 신경 쓰지 않는다. 심리학자 스나이더(Mark Snyder)는 전자를 자기를 많이 모니터하는 사람(high self-monitor), 후자를 자기를 적게 모니터하는 사람(low self-monitor)이라고 했다(스나이더가 박사학위 논문으로 자기 모니터 척도를 개발했는데, 그가 대학원에 다닐 때에는 태도를 알아도 행동을 예측하지 못한다는 태도 무용론에 대해 많은 논의가 있던 시기였다. 아이스크림을 좋아한다고 말하고 아이스크림을 주면 정작 싫다고 말하는 태도-행동의 불일치의 문제였다. 그 문제를 풀고자 내놓은 척도가 자기-모니터 척도다. 자기-모니터에 점수가 높은 사람은 상황에 따라 자신의 행동을 바꾸기 때문에 이런 사람에게 태도와 행동이 일치할 것을 기대할 수 없다는 얘기를 스나이더는 척도를 통해 보여 주고 싶었다).

자기를 많이 모니터하는 사람은 카멜레온처럼 상황에 따라 변신을 잘한다. 누구를 만나느냐에 따라 좋아하는 음식이 달라지기도 한다. '저 이거 정말 좋아해요.' 이런 사람은 자신의 이미지 관리를 잘하고 이미지를 올려주는 명품을 좋아한다.

자기를 모니터하지 않는 사람은 상대에게 상처를 줄지라도, 남의 눈치를 보거나 남이 원하는 것에 자신을 맞추기보다, 자기가 생각하는 대로 행동하고 자기가 하고 싶은 대로 말한다. 남을 신경 쓰지 않는 사람처럼 보인다.

처음에는 자기를 많이 모니터하는 사람만 이미지 관리에 신경을 쓰고, 자기를 모니터하지 않는 사람은 이미지 관리에 관심이 없다고 생각을 했다. 아니었다. 모든 사람은 이미지 관리를 한다. 자기를 많이 모니터하는 사람이 사회에 맞추거나 남과 잘 어울리기 위해 이미지 관리를 한다면, 자기를 모니터하지 않는 사람은 어떤 상황이나 요구에도 일관되게 말하고 행동하는 것을 통해, 자신이 '진실한 사람', 말한 대로 하는 '신실한 사람'이라는 이미지를 상대에게 전달한다.

모두가 이미지 관리를 한다.

오래되어 제목이 기억이 나지 않는 어떤 외국 단편소설이 생각났다. 정확히 기억은 나지 않지만 줄거리는 대략 이랬다.

> 어느 날 왕자가 궁전을 떠나 밖으로 연극을 보러 간다.
>
> 연극에 나오는 여주인공이 너무 마음에 든 왕자는 연극이 끝난 후 무대 뒤로 여주인공을 찾아간다.
>
> "저랑 결혼해 주시지 않겠습니까?"
>
> "싫어요! 난 당신 같은 얼굴을 좋아하지 않아요.
>
> 난, 천사의 얼굴을 가진 사람을 찾고 있어요."
>
> 왕자는 극장에서 나와 그 나라에서 가면을 최고로 잘 만드는 장인을 찾아가 돈을 얼마든지 줄 테니 천사의 가면을 만들어 달라고 부탁한다. 천사의 가면을 장착한 왕자는 여자

를 다시 찾아간다.

"저랑 결혼해 주시지 않겠습니까?"

"정말요! 당신은 내가 찾던 얼굴을 가진 남자예요."

둘은 그들만의 보금자리를 꾸미고 행복하게 잘 산다. 몇 년이 흘렀다. 어느 날 궁전에 살 때 사귀었던 여자친구가 그를 찾아온다.

"나랑 같이 궁전으로 돌아가."

"싫어!"

"안 돌아가면 당신의 아내에게 당신의 정체를 폭로해 버릴 거야."

"제발, 그러지 마. 우린 행복하게 잘 살고 있어. 제발 여길 조용히 떠나가 줘."

아무리 사정해도 이 악한 전 여친은 요지부동이다.

어떻게 할 수 없다는 것을 알게 된 왕자는 전 여친에게 하고 싶은 대로 하라고 한다.

전 여친은 아내를 불러서 말한다.

"내가 당신이 어떤 사람과 살고 있는지 그 정체를 낱낱이 보여 주지!"

전 여친은 왕자의 가면을 잡더니 화~아악 잡아당겼다.

이럴 수가!!

벗겨진 왕자의 얼굴은 천사의 얼굴로 변해 있었다!

누구의 죽음을 알리기 위해 종이 울리나

존 던

사람은 자기 자체로 온전한,

섬이 아니다.

모든 사람은 대륙의 부분이고,

전체의 부분이다.

바다에 의해 흙덩이가 씻겨 나가면,

유럽은 그만큼 더 작아진다.

불쑥 튀어나온 곶이건,

당신 친구의 대저택이건

당신 자신의 대저택이건 다 그렇다.

사람이 죽을 때마다 내가 작아지는 것은,

내가 인류와 연결되어 있기 때문이다.

그러니 알려고 보내지 마라

누구의 죽음을 알리기 위해 종이 울리는지,

울리는 종은 당신을 위한 것이니

For Whom the Bell Tolls

John Donne (1572~1631)

No man is an island,

Entire of itself.

Every man is a piece of the continent,

A part of the main.

If a clod be washed away by the sea,

Europe is the less.

As well as if a promontory were.

As well as if a manor of thy friend's

Or of thine own were.

Any man's death diminishes me,

For I am involved in mankind.

And therefore, send not to know

For whom the bell tolls,

It tolls for thee

이 시는 시가 아니라 원래 산문이다. 셰익스피어와 동시대를 살았던 존 던이 자신의 명상과 기도에 대해 쓴 것을 묶어서 《위기 상황에서 헌신, Devotions upon Emergent Occasions, 1624》이라는 산문 책을 썼고, 이 시는 그 책 17장 명상 부분의 일부를 발췌한 산문시다. 이 시에는 사람들이 많이 인용하는 두 개의 시구가 있다. 하나는 "사람은 섬이 아니다(No man is an island)"라는 시구로, 사람이 바다에 홀로 우뚝 서 있는 개별적 존재가 아니라는 것을 시각적으로 그려 내고 있다. 또 하나는 헤밍웨이의 《누구를 위하여 종은 울리나, For whom the bell tolls》라는 책 제목에서 사용된 시구다.

제1차 세계대전으로 1,600만 명이 죽었고, 제2차 세계대전으로 6,000만 명 이상이 죽었다. 세계대전이 아니더라도 많은 사람이 죽는다.

모르는 사람이 죽어 나가는 게 나와 무슨 상관이냐. 내가 죽는 것도 아닌데. 존 던은 이 시에서 우리가 서로 연결되어 있다고 힘주어 말한다. 한 흙덩이가 대륙에서 씻겨 나가면 유럽이 작아지듯, 한 사람이 죽어 없어지면 인류는 그만큼 작아진다. 우리는 고립된 섬이 아니라 우리는 서로 연결되어 있다.

사람은 섬이 아니다(No man is an island).

'나는 섬이다. 내 주위에는 아무도 없다. 내가 죽으면 나는 그냥 조용히 사라지는 거다'라고 생각할 수 있다. '믿을 사람 하나 없고 모든 사람은 자기의 이익만을 추구하는 거야'라고 세상을 냉소적으로 바라볼 수 있다. 누구에게도 관심을 갖지 말자고 계속 외치며 자신을 고립된 섬으로 만들 수 있다. 그게 가능하다. 반대도 또한 가능하다.

독수리 (일부분)

알프레드 테니슨

그가 굽은 손으로 절벽의 바위를 움켜쥐고;
태양 가까운 외로운 땅,
푸른 세상에 둘러싸여, 그가 서 있다.

그의 밑으로 주름진 바다는 기어가고;
그가 산 벽에서 보고 있다가,
번개 빛처럼 그가 떨어진다.

The Eagle (A Fragment)

Alfred Tennyson

He clasps the crag with crooked hands;
Close to the sun in lonely lands,
Ring'd with the azure world, he stands.

The wrinkled sea beneath him crawls;
He watches from his mountain walls,
And like a thunderbolt he falls.

독수리가
맹금의 굽은 발톱으로 높은 절벽 바위를 꽉 잡고 있다;
태양에라도 닿을 듯이 아주 높고 외로운 절벽 위에,
주변은 온통 파란 하늘뿐인 곳에, 독수리가 서 있다.

독수리 밑으로는
바다 물결이 얼굴에 난 주름처럼 해변으로 천천히 움직인다;
바다 옆 높은 바위 절벽에서 아래를 내려다보다가,
번개 빛처럼 독수리가 떨어진다.

독수리가 서 있다가(he stands)
독수리가 떨어진다(he falls).
외롭고 높은 곳에 있지만 강하고 위풍당당한 독수리,
먹이를 발견하고는 급강하한다.

이 시에는 일부분(fragment)이라는 부제목이 달려 있다. 오래 전에 라틴어로 쓰여진 시가(예를 들어, 시인 카툴레서, 호레스 시대에 쓰인 시), 시간이 지나면서 또는 중세 암흑기를 거치면서 어떤 시인의 글은 금지되면서 어떤 시는 잃어버리거나 잊혀졌다. 잃어버렸던 시가 후세에 발견되었을 때, 어떤 시는 전체가 온전히 살아남아 있기도 했지만 어떤 시는 그렇지 않고 일부분(fragment)만 살아남아 있기도 하였다. 긴 시의 부분, 일부분만 살아남아 있어 전체 시의 내용을 알 수는 없지만, 남아 있는 부분의 시는 여전히 아름답고 후세 시인들은 일부분만 남은 시를 좋아했다. 그래서 마치 더 긴 시가 있는 것처럼 일부분의 시만 쓰는 시의 새로운 장르가 발달하게 되었다. 테니슨의 〈독수리〉도 두 연으로 이루어진 이 시가 시의 전부이지만 '일부분(fragment)'이라는 부제목을 달았다. 시가 일부분만 있는 것처럼 쓰여 있기에 독자에게 시의 나머지 부분을 상상을 할 수 있는 공백을 제공한다.

이 시는 짧지만 시각적 이미지가 강하다. 독수리, 절벽, 바위, 청명한, 파란 하늘, 바다, 파도, 물결.

시인은 독수리를 의인화하면서 독수리 발톱을 손(hands)이라 표현했고, 앉아 있는 것을 서 있다(stands)라고 했다. 독수리는 그것(It)이 아니고 그(He)로 묘사되어 있다. 시인은 다람쥐나, 코뿔소나, 사자를 선택하지 않고 왜 독수리를 선택했을까? 독수리의 무슨 특수한 특성을 강조하고 싶었던 걸까?

이 시에는 시각적 이미지뿐만 아니라 음악적 요소도 강조되어 있다. 모든 행이 's'로 끝나는 것을 볼 수 있고, 두운이 있어 리듬감을 더했다(예를 들어, 'c(크)소리': **c**lasps the **c**rag with **c**rooked).

독수리가 아주 높은 곳에서 예리하게 밑을 주시하고 있다가 뭐가 발견되자, 번개 빛처럼 대상을 향해 수직으로 힘차게 하강한다. 독수리는 무엇을 보았길래 높은 곳을 박차고 밑으로 주욱 내려간 걸까? 얼마나 매력적인 것이기에? 찾고 있던 고기라도 나타난 걸까? 독수리는 급히 하강하며 신이 났겠지. 원하는 것을 얻었을 때, 독수리는 얼마나 기뻤을까? 이 책을 읽는 이도 물결이 들어왔다 나가듯 한 장, 한 장 페이지를 넘기다가 마음에 드는 시를 덜컥 만났으면 좋겠다. 시의 내용이 좋아서, 시의 표현이 좋아서, 시의 느낌이 좋아서, 시의 존재 자체가 좋아서, 그 이유는 중요하지 않다. 마음에 두고두고 간직하고 싶은 시를 발견했으면 좋겠다.

지 나 가 기

시는 산문과 음악 중간쯤 자리 잡고 있어서, 시의 형식이나 운율을 알면 시를 읽는 데 큰 도움이 된다. 이 책에 나온 2편의 시를 가지고 시의 형식과 운율을 간단히 알아보았다. 이 내용이 익숙하신 분은 지나가도 되는 내용이다.

〈소네트 29번〉

'작은 노래'라는 의미의 소네트는 14행(줄)으로 되어 있다. 시인이 의도적으로 행의 수를 11, 12행으로 줄이거나 16행으로 늘리기도 하지만 소네트의 기본은 14행이다.

소네트 중에서 셰익스피어 소네트는 몇 가지 특징을 갖고 있다. 14행이 크게 두 개(12+2)로 나뉘는데, 앞 묶음에서는 '문제 제기'를, 뒤 묶음에서는 '결론'을 내린다.

앞의 12행 큰 묶음은 다시 세 개의 작은 묶음(4+4+4)으로 나뉘는데 각 묶음을 'quatrain'이라 한다. 뒤의 2행은 한 개로 묶이고 이 묶음을 'couplet'이라 한다.

셰익스피어 소네트 14행은 (4+4+4)+2으로 되어 있으니 (quatrain+quatrain+quatrain)+couplet의 네 묶음으로 되어 있다. 셸리의 〈오지멘디어스〉도 14행로 되어 있는 소네트고, 셸리와 동시대를 살았던 키츠의 〈밝게 빛나는 별〉도 14행으로 되어 있는 소네트다.

셰익스피어 소네트의 14행은 ***abab, cdcd, efef, gg*** 각운(脚韻, 행 끝의 운) 체계를 일반적으로 따른다. 위에 표시된 알파벳에서 알파벳이 서로 같으면 각운이 같다. 예를 들어, *aa*는 같은 각운이고 *ab*는 다른 각운이다. 여기서 운(韻)은 철자(spell)가 아닌 소리(sound)에 근거해서 같음을 판단하기 때문에 운이 같아도 철자가 다를 수 있다.

〈소네트 29번〉도 이 각운 규칙을 대체로 따르고 있으나 약간의 변형은 있다: ***abab, cdcd, efef, gg*** 대신 ***abab, cdcd, ebeb, gg***를 사용했다. 소네트 29번에 나오는 각 행의 각운을 살펴보자. 각운이 같음을 표시하기 위해 이탤릭체와 굵은 글꼴을 썼다.

첫 번째 4행: *a* *b* *a* *b*

e*yes* **state** cr*ies* **fate**

두 번째 4행: *c* *d* *c* *d*

h*ope* posse**ssed** sc*ope* lea**st**

세 번째 4행: *e* *b* *e* *b*

desp*ising* **state** ar*ising* **gate**

끝 2행: *g* *g*

br*ings* k*ings*

음절은 소리의 단위로 음절에는 항상 모음(a e i o u)이 포함되어 있다. hat은 1음절이고 ti-ger는 2음절이다.

셰익스피어 소네트의 각 행은 10개의 음절(syllable)로 되어 있는데, 이 10개의 음절은 2개의 음절이 하나(foot, 걸음, 음보, 호흡의 단위)씩 묶여, 각 행은 다섯 개 음보 2+2+2+2+2로 나뉘고 다섯 개로 묶였다 해서(five feet) pentameter라고 한다. 여기서 penta는 다섯을 의미하고 meter는 리듬을 의미한다. 버지니아주에 있는 오각형 청사를 펜타곤(The Pentagon)이라고 부르는 것과 같다.

〈소네트 29번〉의 마지막 14행을 보자.

각 행이 10개의 음절로 되어 있고 10개의 음절은 다시 2+2+2+2+2의 다섯 음보로(pentameter)으로 묶이는(|) 걸 볼 수 있다.

1 2 1 2 1 2 1 2 1 2

That **then** |I **scorn** |to **change** |my **state** |with **kings**

나는 내가 처한 상황을 왕과도 바꾸지 않겠다

셰익스피어 소네트에서는 각각의 음보(foot)를 처음은 약하게 두 번째는 강하게 읽는다.

'약**강**'의 예를 들면 'New **York**' 또는 'I **am**'처럼 두 번째 음절에 강세가 온다. 이런 음보의 가락을 'iamb'이라고 한다. 즉 짧고 약하게 읽는 음절이 앞에 나오고 길고 강하게 읽는 음절이 뒤에 나오는 음보를 'iambic foot'이라고 한다. 셰익스피어 소네트는 다섯 개의 iambs가 있는 iambic pentameter로 쓰여 있다.

다 **덤** | 다 **덤** | 다 **덤** | 다 **덤** | 다 **덤**

da **DUM**, da **DUM**, da **DUM**, da **DUM**, da **DUM**

셰익스피어의 “사느냐 죽느냐(To be or not to be)”를 영어로 읽으면 그냥 평평하게 강세 없이 읽지 않고,

be **not** **be** **be** **not** **be**는 강하게
To or to To or to는 약하게

강세를 넣어 읽는다.

한국어는 음절에 강세가 거의 없다. 외국인이 한국말을 하면 표가 나는 이유 중 하나가 한국말에 강세를 집어 넣어서 말하기 때문이 아닐까 싶다. 우리는 ‘맛있어요’를 말할 때 각각의 음절의 높낮이 없이 고루 평탄하게 발음한다면 외국인은 ‘맛있어요’에서 ‘맛’을 강조하거나 ‘요’를 강조하며 길게 발음해서 우리가 들으면 발음이 어색하다. 외국인이 ‘그랬어요’를 발음할 때도 마찬가지다. 영시를 자주 듣고 읽다 보면, 영어 강세에 익숙해진다.

〈좋은 밤으로 고분고분 들어가지 마세요〉

이 시는 비라넬(villanelle) 형식으로 쓰여 있다.

비라넬은 19행으로 되어 있고 앞의 5연은 각각 15행, 마지막 결론 연은 4행으로 이루어져 있다.

비라넬은 1연의 두 개의 행이 시 안에서 반복된다.

제1연 첫 행(Do not go gentle into that good night)이
2, 4연의 끝과, 6연의 3행에서 반복되고

제1연 마지막 행(Rage, rage against the dying of the light)이

3, 5, 6연의 마지막 행에서 반복된다.

반복되는 행은 시의 가장 중요한 메시지를 담고 있다.

비라넬은 두 개의 각운이 반복된다. 〈좋은 밤으로 고분고분 들어가지 마세요〉를 통해 두 개의 각운을 살펴보면,

첫째 각운은 "**ight**"로, "night," "light," "right," "bright," "flight," "sight," "height"에서 볼 수 있고, 둘째 각운은 "**ay**"로 "day," "they," "bay," "way," "gay," "pray"에서 볼 수 있다.

상상과 사색

김종한

한국에서 심리학을 했고 유학을 가 메릴랜드대학에서 심리학 박사를 받았다. 교수가 되어 미국에서 학생들을 가르쳤다. 심리학 덕분에 알래스카에도 살았고, 호주, 한국, 아랍에미리트에서 방문 교수로 있었다. 다른 문화에서 자란 학생들을 만나 가르치고 학생들을 통해 배울 수 있었던 것에 감사한다. 은퇴해서 책 읽기와 여행을 즐긴다.

마크 카펜터(Mark Carpenter)

텍사스에서 영문학을 했고 오랫동안 미국 항공 우주국(NASA)에서 작가와 편집자로 일했다. 늦은 나이에 학교로 돌아와 영문학 석사를, UT 오스틴에서 응용 언어학 박사를 받았다. 대학에서 공대생들에게 글쓰기와 말하기를 가르쳤다. 은퇴해서 책 읽기와 긴 산책을 즐긴다.

시를 읽자구요

초판 1쇄 발행 2023년 11월 28일

엮고쓴이 김종한 · 마크 카펜터
펴낸이 이기봉
편집 좋은땅 편집팀
펴낸곳 도서출판 좋은땅
주소 서울특별시 마포구 양화로12길 26 지월드빌딩 (서교동 395-7)
전화 02)374-8616~7
팩스 02)374-8614
이메일 gworldbook@naver.com
홈페이지 www.g-world.co.kr

ISBN 979-11-388-2512-2 (03840)

- 가격은 뒤표지에 있습니다.

- 파본은 구입하신 서점에서 교환해 드립니다.